KB013772

기생 생활도 신성하다면 신성합니다

기생 생활도
신성하다면 신성합니다

2019년 6월 20일 초판 1쇄 찍음
2019년 6월 30일 초판 1쇄 펴냄

지은이	화중선, 김난홍, 박옥화 외
펴낸이	이상
펴낸곳	가갸날
주소	경기도 고양시 일산동구 강선로 49, 402호
전화	070.8806.4062
팩스	0303.3443.4062
이메일	gagyapub@naver.com
블로그	blog.naver.com/gagyapub
페이지	www.facebook.com/gagyapub
디자인	강소이

ISBN   979-11-87949-36-7 03810

이 도서의 국립중앙도서관 출판시도서목록(CIP)은 서지정보유통지원시스템 홈페이지
(http://www.nl.go.kr/cip.php)와 국가자료공동목록시스템(http://www.nl.go.kr/kolisnet)에서
이용하실 수 있습니다.(CIP제어번호: CIP CIP2019020679)

화중선
김난홍
박옥화 외

기생 생활도 신성하다면 신성합니다

가갸날

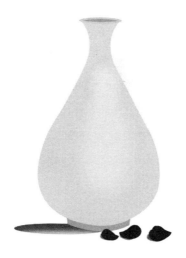

책을 펴내며

"제가 매소賣笑함은 아니니 매육賣肉함은… 저 유산계급들이 저희의 향략적 충동과 소유적 충동을 만족케 하자고 우리 여성을 자동차나 술이나 안주나 집과 같이 취급하는 그 아니꼬운 수작을 받기 싫은 나로서, 차라리 역습적 행위로… 그 사람들로 하여금 나의 신코에 입을 맞추고 나의 발바닥을 핥아가면서 자진하여 나와 나의 포로물이 되게 하여가지고, 나의 성적 충동을 발현하는 어떤 의의가 있는 살림살이를 하려 함에서 나온 동기였나이다. …저 마음을 팔고 성을 팔아가지고 소유적 충동에서 견마가 되어 헤메이는 그들, 더구나 우리 여성의 적인 남성들 특권계급들을 포로하려는 복수 전사의 일원이 되려 함이외다. 벌써부터 그 동물 몇 마리를 포로하였습니다."

남성들의 몸이 오싹해질 법한 내용이다. 백여 년 전 기생의 글이라는 게 믿어지는가. 아마조네스 전사를 연상시키는 화중선이라는 이름의 이 기생은 여성을 노리개로 취급하는 남성들을 자신의 포로로 만들겠다는 성적 복수를 다짐한다. 안타깝게도 우리는 화중선이 누구인지 자세히는 알지 못한다.

기생 박옥화는 2천만 인구 가운데 90퍼센트는 자신과 같은 계급이라며, 이들 모두가 행복을 누리게 될 때라야 자신의 문제도 해결될 것이라고 말한다.

이런 파격적이고 도발적인 주장은 물론 기생 사회의 주류 의견은 아니었을 것이다. 대다수의 기생들은 어려운 집안 형편 때문에 기생이 되었고, 한번 발을 들이면 그 속에서 청춘이 시들 수밖에 없었다. 자유를 잃은 채 비탄 속에서 가슴을 태워야 하는 게 대다수 기생의 숙명이었다.

일제강점기 기생의 모습은 기생들이 중심이 되어 발간한 잡지 《장한》 창간호의 표지 그림이 상징한다. '새장 속에 갇힌 기생의 모습'이 곧 그들의 현실이었다. 하지만 기생들은 신세를 한탄하고 기생 생활의 어려움을 호소하면서도 이내 자신들의 존재에 대한 자각으로 나아간다.

전통적으로 기생은 천민 신분이었다. 그러면서도 높은 교양과 예술성을 지닌 모순적인 존재였다. 그들은 가무뿐 아니라 시詩, 서書, 화畵에 능한 종합예술인이자 지식사회의 일원으로서 자부심이 대단했다.

근대 사회에 들면서 신분제의 철폐와 관기 제도의 해체로 기생 사회에는 큰 변화가 일어났다. 스스로 생계의 길을 찾아야 했던 기생들은 조합을 만들고, 아울러 전통 기예의 맥을 잇기 위한 노력을 기울였다. 한편 누구든지 기생이 될 수 있는 세상이 되자 낙양의 명기가 되기 위해 기생의 길에 들어서는 소녀들이 끊이지 않았으며, 더불어 기생놀음을 언감생심 꿈도 꿀 수 없던 전국의 한량들이 서울로 서울로 모여들었다. 1910년대 후반은 새로운 시대의 기생 문화가 절정을 이룬 시기였다.

자연스레 조선시대의 교방과 같은 기생학교가 설립되었다. 오늘날에 비유하자면 기생학교는 일종의 연예기획사 같은 존재였다. 아이돌을 꿈꾸며 모여드는 어린 소녀들을 일류 기생으로 양성한 대표적인 곳은 평양箕城기생학교였다.

왕수복 1위, 선우일선 2위, 김복희 5위. 1935년에 열린 인기가수 선발대회 결과다. 이들은 모두 기생 출신이다. 그것도 평양기생학교를 나온 평양 기생들이다. 이들 외에도 이은파, 최향화, 이화자 등 일세를 풍미한 기생 출신 가수는 즐비했다.

여배우 트로이카로 불리는 이월화, 석금성, 복혜숙은 모두 기생 출신이다. 영화 〈아리랑〉의 여주인공 신일선은 나중에 기생이 되었다. 명창 이화중선과 박녹주도 기생 출신이다. 기생 장연홍, 김영월, 노은홍 등은 광고 모델로 인기를 누렸다. 1914년《매일신보》가 뽑은 당대의 예인藝人 100명 가운데 여성 89명은 모두 기생이다.

한편 조선 기생의 몸에는 고결한 기품과 지사적 풍모가 연면히 이어져왔다. 임진전쟁 시기의 논개와 계월향, 그리고 한말의 산홍 같은 존재들이다. 근대 기생의 세계에도 3·1만세운동을 계기로 이같은 풍조가 확산되었다.

진주와 수원, 해주 등지의 기생들이 집단으로 만세시위를 벌였는가 하면, 손병희의 부인이 된 기생 출신 주산월은 손병희의 거사를 돕고 나중에는 여성운동의 지도자로 활약하게 된다. 만주로 가 의열단원이 된 현계옥, 박열 열사의 국내 연락책을 맡았던 이소홍, 근우회 중앙집행위원장 자리에까지 오른 정칠성 등 놀라운 인물이 많다. 이처럼 탁월한 개인이 아니더라도 국채보상운동, 조선물산장려운동, 노동운동 등에 음으로 양으로 참여한 기생들이 적지 않다.

　이같이 역동적인 기생의 세계를 우리는 얼마나 풍부히 알고 있는가. 대다수가 알고 있는 지식은 극히 단편적이다. 이 책은 근대 기생의 모습을 입체적으로 이해하기 위한 시도다. 가감없는 기생의 세계를 들여다보기 위해 기생들의 육성을 위주로 수록하였다. 《장한》뿐 아니라 여러 매체에서 기생들의 놀라운 목소리를 찾아낼 수 있었다.

　기생들이 직접 쓴 글만으로는 기획 취지를 살리는 데 부족함이 있었다. 그리하여 이태준을 비롯한 작가들이 쓴 소설과 《삼천리》 등의 매체에 실린 당대를 풍미한 기생들에 관한 글을 덧붙였다. 조선 여자 가운데 처음 머리를 자른 강향란도 윤심덕과 김우진에 앞서 사랑을 위해 목숨을 버린 강명화도 모두 기생이었다.

　기생에 대한 편견을 깰 때다.

2019년 5월

차례

1부 기생도
사람이다

3부 소설 속의 기생

4부 기생은 누구인가

일러두기

1 이 책은 기생들이 직접 쓴 글을 묶어 20세기 초 기생사회를 복원하기 위해 기획되었다.
   기생들이 직접 발행한 《장한》에 실린 글을 비롯해 여러 매체에 실린 주요한 글을 모두
   발굴 수록하였으며, 입체적 이해를 돕기 위해 기생의 세계를 깊숙이 다룬 소설 작품과
   당대를 풍미한 기생들에 관한 글을 덧붙였다.
2 저자가 표기되지 않은 일부 글은 익명이거나 수록매체의 기획기사이다.
3 맞춤법과 띄어쓰기는 현재의 한글 맞춤법 표준안을 따랐다. 일부 한문투의 표현은 한
   글 표현으로 바꾸었다.
4 필요한 부분에는 주석 혹은 편집자 주를 달았으며, 사진과 그림 역시 같은 맥락에서
   수록하였다.

1부   **기생도
사람이다**

기생 생활의 이면

김난홍

화려한 도시의 중심 무대가 그 어디일까요? 호화방종의 풍류 신사가 춘풍 도리桃李 난만한 틈에 범나비 넘나들 듯하는 화류항 이라고 하여도 과언이 아니겠지요.

그 무르녹은 향기가 몽롱히 가득 찬 화류계의 주인공! 어떤 의 미로 보아 어떤 부분의 여성들의 선망의 초점이 되는 기생 생활!

그 이면에는 붓으로 써서 다하지 못할 가지가지의 비애와 입으 로 이루 형언할 수 없는 속속들이의 통한이 섞이어 어우러져 있 는 것입니다.

누가 나의 유두분면油頭粉面과 화려한 장식을 부러워하나뇨? 흐 트러진 머리털에 향내 나는 기름칠을 하고 얼굴에 분칠하는 것이 나를 위하여 하는 것입니까? 법단 저고리와 하부다이 치마로 비 릿비릿한 형해形骸를 휩싸는 것이 나를 위하여 하는 것입니까?

누가 나의 입으로는 청아한 소리를 부르며 손으로는 유량한 음 곡을 자아내는 것을 부러워하나뇨? 청아한 소리 속에는 다정다

한한 회포가 숨어 있는 것이요, 유량한 음곡 사이에는 불운의 하소연이 얽혀 있는 것입니다.

상을 대하면 산해진미요, 신을 벗으면 고루거각高樓巨閣인 것을 누가 부러워하나뇨? 육산포림肉山脯林도 나에게는 쓴맛을 줄 뿐이요, 요대瑤臺 누각도 나에게는 신기루와 다름이 없습니다.

이와 같은 모든 것이 나를 표준한 생활이 아니요, 나라는 자태를 여지없이 저버리고 남을 위하여 희생하는 바지저고리의 생활 아닙니까? 그러면 왜 이런 정신없는 행동을 하는 것입니까?

그러나 과거는 이야기할 필요가 없고, 현재로는 하지 않을 수 없는 무서운 운명의 마수가 일거수일투족에 절대 부자유를 줍니다. 생의 가치를 잃어버린 생활, 생의 진리를 배반한 생활, 즉 우리들의 일상생활의 속을 끄집어내어 가슴을 시원하게 펴고 보겠습니다.

대체 이 생활을 왜 하겠습니까? 세태의 변천을 따라 지금은 여성해방운동이 일어나는 동시에 여성의 직업이 하고많은 중 하필 노래와 웃음을 파는 직업을 하게 된 원인에 대하여는 번거롭게 쓸 필요가 없으나, 하여간 이 직업도 호구가 제일 문제이지요. 입에 풀칠을 하기 위하여 이 죽기보다도 더 싫은 생애를 사는 것입니다.

어느 직업치고 편하고 배부르고 곱기만 한 것이 있겠습니까마는, 온갖 삶 중에 우리 기생 생활이야말로 참으로 작년 팔월에 먹었던 송편이 게워 나오고 오장육부가 오뉴월에 거름더미 썩듯이 썩고 썩어 녹을 지경입니다.

기생 생활의 제일 조건이 모든 사람의 마음을 다 기쁘게 하는 일이올시다. 찾으시는 손님이 누구시든지, 키가 크든지 작든지, 늙었든지 젊었든지, 이쁘든지 밉든지, 정하든지 추하든지, 비단옷을 입었든지 무명옷을 입었든지, 묵중하든지 까불든지, 거북스럽든지 슬금스럽든지, 수선하든 얌전하든, 어쨌든지 나로서는 사랑의 추파를 보내며, 방순한 향기를 끼치며, 염태의 애교를 부리어, 그 손님의 환심을 끄는 것입니다.

그러니 이 노릇이 용이하겠습니까? 기생도 사람입니다. 사람이 아닌 바는 아니지요. 그런즉 사람에게는 자기 고유의 정신과 단심과 성격과 주의와 특색이 있는 동시에 각각 요구하는 것이 다를 것이며, 더욱 이성을 찾는 데야 더 말할 것이 있겠습니까?

그러나 우리는 모두를 즐겁게 하기에 급급하지요. 그래서 어떤 때에는 난처한 경우가 많습니다. 사람은 자주 접촉되는 데서 정이 생기고, 멀어지는 데서 소활한 것입니다. 그래서 자주 찾으시는 손님에게는 다른 손님보다 특별히 알아드리지요.

이것은 어째 그러겠습니까? 다름 아니라 나를 어느 점에서 사랑하신다기보다 동정하여 주신다는 의미로써 그러한 것입니다. 그러나 열 분이면 열 분, 스무 분이면 스무 분 모두 화류계 동정은 엷고도 짧은 것 같습니다.

이런 말씀을 하면 달면 삼키고 쓰면 뱉는 년들이 무슨 어림없는 수작이냐고 하시겠지만, 어제나 오늘이나 한결같이 동정을 하여주신다면 어찌 그럴 이치가 있겠습니까? 사람은 항상 새것을 찾는 것이 상정이라 하겠지요. 그래서 당신네들이 새것을 찾으시기에 급급한 것을 눈치 채면, 우리들도 부득이 다른 데로 동정을 구하는 것입니다.

만일 경우가 이렇게 되면 그 손님은 당신이 하신 것은 생각지도 아니하시고, 기생만 살릴 년, 죽일 년 하시고 모주 먹은 도야지 벼르듯 하십니다. 이것은 아마도 오해이시지요. 깊이 동정을 못하시는 것이겠지요. 이것이 삼각관계인데, 이런 처지에 혹시 기생으로 앉아 차마 견디지 못할 경우를 당하는 수가 많습니다. 이런 때의 번민과 면난이야말로 참 기가 막히지요.

이와 같이 기가 막히는 경우를 당하는 것이 누구를 위하여 당하는 것입니까? 먼젓번 손님을 위하여 당하는 것도 아니요, 다음 손님을 위하여 당하는 것도 아니요, 내가 좋아서 당하는 것도 아니요, 단지 주린 배를 채우기 위하여 이 쓰림을 당하며 몇 번씩 경험하는 것입니다.

그러면 대체 이러한 일이 생기는 근본 원인을 생각하여 보십시오. 우리네 화류계 여성을 농락하는 모든 남성이 기생의 환경을 이해하지 못하고, 더욱이 한 번만 친하게 되면 아주 당신네 물건처럼 여기시는 까닭입니다. 즉, 다시 말하면 기생이라는 것을 한낱 인생으로서 존재를 부인하는 까닭입니다. 그리고 장난감 인형과 같이, 동물원의 원숭이나 앵무새같이 미물이나 물건으로 취급하는 까닭에 이런 무리한 요구를 거침없이 하시는 것입니다.

1.1 이시이 하쿠테이가 그린 명월관 기생 홍련의 초상.

이것은 큰 잘못이시지요. 아무리 웃음과 노래와 고기를 파는 기생이라 하기로서니 어찌 성명조차 없겠으리까? 특별한 경우는 예외로 하고 우리 기생은 어쨌든 나를 찾는 손님은 다 같이 웃는 낯과 다정한 태도로 접대할 의무가 있는 것입니다. 그리고 결단코 불편부당이겠지요. 이것도 기생 생활이 아니면 맛보지 못할 쓰리고 아픈 로맨스입니다.

그리고 머리에는 순금 비녀와 진주 뒤꽂이를 꽂고, 금시계에 다이아몬드 반지며 전신에 능라금수綾羅錦繡로 휘감을 친 우리들도 경제적 곤란이 적지 않습니다. 그것도 재색과 기능에 따라 다르겠지요만, 돈이 잘 융통되지 않는 전황錢荒이라는 독한 바람이 한번 불기 시작하면 참말로 어림이 없습니다.

그야말로 심양강潯陽江 위 늙은 기녀의 하소연같이 문전냉락안마희門前冷落鞍馬稀*지요. 요릿집 인력거꾼의 찾는 소리가 가뭄에 콩 나기입니다. 입과 배를 채우기 위하여 이 노릇을 하는 처지에 이 흥정조차 세월이 없으니, 달아나는 세월은 하룻낮 하룻밤을 쉬임없이 되풀이하는데 하루 두 끼를 어찌 용이하게 얻어먹겠습니까? 산 입에 거미줄을 치지 않게 하자니 그 군색이야말로 이루 말할 수 없겠지요. 본디 넉넉한 생활이 못되고 우리의 살림도 노

---

* 중국 당나라 시인 백거이의 시 〈비파행琵琶行〉 속의 늙은 기녀의 삶을 빗댄 내용이다. 문전냉락안마희門前冷落鞍馬稀는 '말 타고 찾아오는 이 없어 흥성거리던 대문 앞이 쓸쓸하다'는 뜻.

름꾼 살림 모양으로 풍성한 때는 여유가 있지만, 군색한 때는 여지가 없으니 의복의 여유인들 있겠습니까?

통정할 만한 데는 서로 융통하는 것이 사람이 살자면 흔히 있는 것이지만, 우리 기생은 서로 동정을 아니하기보다 피차 입을 열어 말하기를 꺼리는 것입니다. 이것은 설명을 아니하여도 아시겠지만, 군색한 것을 무엇을 생각 없이 말하겠습니까? 무능하고 재주 없음을 여지없이 발표하는 것 아닙니까? 그러고 보니 내 꼴 남 보이기 싫다는 격으로 말을 아니합니다.

이런즉 어떻게 합니까? 혹간 여벌 옷벌이나 있으면 전당국 신세를 지는 것입니다. 그것이 용이한 일이겠지요. 그러나 그도 못하는 경우에는 참으로 답답한 일입니다.

왜 금비녀나 진주 뒤꽂이나 팔뚝시계나 다이아몬드 반지가 없겠습니까마는, 그것은 화중지병畵中之餠이지요. 보고도 못 먹는 떡이랍니다. 속담에 떡 줄 놈은 생각도 안하는데 김칫국부터 마신다는 세음으로 요릿집 손님들은 꿈도 안 꾸는데 혹시나 부를까 하며, 운수가 좋아 불린다면 차리고 가야만 할 것입니다. 이것이야말로 나를 위하여 사는 것이 아니요, 남을 위하여 사는 것이니, 이것을 가리켜 산다고 할 수가 있겠습니까.

'기생은 재상이라'는 말을 어떤 철딱서니 없는 사람들이 하였는지? 이 말은 참으로 우리 기생이란 것이 어떤 것인지 아주 알지 못하는 사람이라고 하겠습니다. 재상이 왜 모든 사람의 마음을 기쁘게 하기에 급급합니까? 다른 사람들이 그의 개성의 존재를 부인합니까? 재상이 남을 위하여 자기의 구복口腹도 채우지 못합니까? 아마도 '기생은 재상이라'는 말은 우리 기생이 훌륭한 신사들을 모시고 노는 터이니까, 그 처지가 좋은 것을 말하는 듯합니다.

고대광실에서 만반진수를 차려놓고 여러 진신縉紳 풍류랑과 희희낙락하게 어우러져 노는 것이나, 여기에도 가지가지의 한 되는 일이 많습니다. 기생들은 손님들을 모시고 놀 때에는 어느 때든지 혹시나 불경한 언사가 있을까, 혹시나 무례한 행동이 있을까, 혹시나 손님에게 감정을 살까 하고 항상 전전긍긍하는 바입니다.

그러하오나 손님들은 어찌 그리 매정들 하십니까? 기생에게 털끝만한 잘못이 있어도 기어코 끄집어내시며 서슬이 시퍼렇게 꾸중을 하십니다. 꾸중만 하시면 달게 받지요. 입에 못 담을 여러 가지 욕설로 여지없이 모욕을 하십니다. 기막히는 천대를 하십니다.

이런 천대와 모욕을 받는 때는 참으로 어쩔 줄을 모릅니다. 쪽박을 차고 문전걸식을 하더라도 이 노릇은 못하겠다는 생각이 번개같이 납니다. 사람은 어떤 곳에든지 한번 발을 들여놓으면, 용이하게 그 구렁을 벗어나지 못하는 것이라. 이런 생각이 하루에 열두 번씩 나지만, 이 구렁을 벗어나지 못하고 가슴을 태우며 안타까운 청춘을 시들여 버리는 것입니다.

기생 중에도 자색이 어여쁜 사람과 추한 사람이 있고, 가무가 능란한 사람과 한숙하지 못한 사람이 있습니다. 그래서 이런 기생들이 섞여 노는 자리에서 자색 좋은 기생과 가무가 능란한

1.2 렌 보니안(본명 任頤)이 백거이의 〈비파행〉을 모티프로 해 그린 그림.

기생은 손님에게 귀염을 받지만, 그렇지 못한 기생은 참으로 여간한 창피를 받는 것이 아닙니다.

인형이니 벙어리니 하며 거들떠보지도 아니하시고, 혹시 노래를 하려고 입을 벌리면 '그만 둬라' '치워라' '듣기 싫다' '잘한다, 벙어리가 말한다' '아주 남자로구나' 이와 같은 말씀으로 박대를 하십니다. 그야말로 받아 싸지요만, 일시 먹기분에 노는 손님들이지만 좀 과한 편이십니다.

이런즉 눈먼 사람이 개천을 나무라요? 제 눈먼 것이 불찰이지요. 이런 경우를 당하는 때는 그만 정신이 아찔하여지며, 그 자리에서 폭삭 땅속으로 주저앉았으면 하는 생각이 납니다.

그리고 여러 손님이 다 그러시다는 것은 아니지만, 놀기 좋아하시는 분은 손목을 끌어 잡아당기시며 당신 무릎에 올려 앉힐 뿐 아니라, 취흥이 도도해지면 기생의 얼굴을 끌어 잡아당겨 키스를 하려고 하는 분도 계십니다. 이것은 너무 폐풍이지요. 우리 기생들이 옛날 기생과 같이 고상한 지조가 없고 너무 난잡히 노는 까닭이겠지만, 기생과 창기를 분별하시지 못하는 어른이라고 할 수밖에 없습니다.

여러 손님 앞에서 이런 일을 당하는 것이 얼마나 부끄럽고 면난한 일인가요. 그나 그뿐입니까. 이런 장난을 하는 틈에 오락가락하는 말이 혹시 말썽이 되든지 하면, 그 죄는 모두 기생에게로 돌아오는 것입니다.

그래서 어떤 때는 새로 해 입고 간 옷이 갈가리 찢어지는 수도 있고, 어떤 때는 까닭 없이 호령을 톡톡히 맞고 심지어 하늘하늘 하는 뺨까지 눈에 불이 번쩍나게 얻어맞기도 합니다.

이런 것은 모두 나의 눈먼 것만 한탄할 뿐이지요. 결단코 개천을 나무라는 것은 아닙니다. 그런즉 이런 데에도 점점의 눈물이 있을 것이요, 땅이 꺼지는 한숨이 있는 것입니다. 그리고 기생이라고 다 그런 것은 아니지만, 수양부모가 있는 기생은 한 가지 비애가 더 있는 것입니다.

어쨌든지 기생이라는 것은 몸이 자유가 못되는 것이나, 포주 있는 기생은 더 심한 구속을 받는 것입니다. 기거동작도 제 마음대로 못할 만큼 쇠사슬로 얽혀 있는 몸이니, 제 하고 싶은 것을 할 수가 있습니까.

기생이 아무리 돈만 안다 하여도 그래도 친분이 두터운 손님에게는 그렇지도 않겠지요. 그 친분으로 말미암아 그 손님을 위하여 상당한 시간비도 아니 받고 놀아드리는 수가 있는 것입니다.

그러나 기생 자기의 친분이 그 포주에게는 상관이 없는 것이라, 만약 그런 손님이 오는 때에 그 포악 그 심술이야 말할 수가 없는 것이지요. 그리고 기생을 찾는 손님에게도 반드시 포주가 있는 말 없는 말을 지어내어 비방하므로 요릿집에 가서 욕을 당하게 됩니다. 이것이야말로 나무에 올려보내고 흔드는 격이지요.

이런 답답한 일이 또 어디 있겠습니까. 흥정이 좋아서 돈을 잘 벌어들이는 때는 한마디 칭찬도 없지만, 세월이 없어 못 버는 때는 그 학대가 심한 것입니다. 비싼 쌀에 밥을 먹여놓으면 번들번들 놀기만 하고 돈 한 푼 못 벌어온다고 푸념을 합니다.

기생이 가지를 아니하는 것입니까. 손님이 불러가지를 않는데야 어찌합니까. 이런 때는 몇 번씩 죽고 싶습니다. 그러나 생목숨을 끊을 수가 없어 쓰레기통에 구더기같이 천한 몸의 목숨을 부지하는 것입니다.

이와 같이 포주 있는 기생과 없는 기생은 기생 중에서도 팔자가 엄청나게 다르지요. 이런 말씀을 한다고 결단코 손님 여러분에게 그것을 구별하여 더 동정을 하여주시고, 그 사정을 더욱 이해하여 달라는 것은 아닙니다.

그리고 보통으로 기생들은 어디를 가든지 오든지 반드시 권번에 대고 통지를 하는 법입니다. 마치 집행유예 받은 사람이 가든지 오든지 경찰서에 통지하는 것과 같습니다.

이것은 물론 손님이 권번으로 대고 찾으면 권번에서 지체 없이 찾기 쉽게 하느라고 하는 것이니까, 기생을 위하여 하는 것이라 하겠지만, 꿈틀거리는 사람으로, 더운 피가 맥맥히 도는 사람으로 남에게 말 못할 일이 어찌 없겠습니까. 그래 시치미를 떼고 어디를 갔다가 오면 권번에서 알고서 말썽을 부립니다.

이런 때는 말대꾸하기도 귀찮은 일이지요. 이러한 것은 다 사소한 일이지만, 날마다 남의 정신에 시달리어 얼이 빠지는 저희들은 신병도 자주 나는 것입니다.

몸이 괴로워 놀음에 못 가면 그만큼 손해이니 그것도 아까운 터에, 손님들은 남의 사정은 모르고 안 오는 것만 나무라십니다.

치수가 나가느니 빼느니 하시며 빈정대시는 때에는 참 억울하지요. 저희들이 사람값이나 나갑니까? 치수가 무슨 치수며, 빼는 것이 다 무엇입니까. 그저 안 불러주실까봐 초조할 뿐이지요.

"떴다…"

"무엇이…"

"저것 봐."

"응, 기생이로군."

"인력거는 기생의 전용품인 거야. 의례히 인력거!"

"흥! 팔자 좋은 것들이지!"

이런 말씀을 어렴풋이 들은 것 같습니다. 비단옷에, 인력거 바람에, 세상의 단것만 좋아하는 것들.

같은 기생들도 남모르는 한숨이 동남풍도 될 만하고, 애끓는 눈물이 한강수도 될 만한 것이올시다. 구중궁궐에도 비애가 있고, 삼간모옥에도 원한이 있는 것이지만, 다 같은 사람으로 태어나서 사람의 대접을 못 받는 저희들의 원한과 비통이야말로 이루 말할 수가 없는 것입니다.

그저 모든 형제 남매께서 이 불쌍한 사람들을 위하여 항상 뜨거운 눈물로 대하여 주시고, 바삐 바삐 광명한 곳으로 인도하여 주시기만 비올 뿐입니다.

어느 기생의 생활

기생의
인생관

박옥화

"기생도 사람이 아니냐."

이 소리는 벌써 시대에 뒤진 소리입니다. 우리도 사상을 가졌고, 이 세상에 대한 불평과 불만을 근본적으로 송두리째 해결하고자 하는 불길 같은 정열과 투지도 가졌습니다.

내 자신의 먹고 살기를 걱정해서보다 내 뒤에 딸린 많은 식솔들의 목전에 닥친 생활문제를 해결하기가 곤란하여 그작저작 이날 이날을 보내고 있지, 그렇지 않다면 벌써 나도 거리에 나서서 먼지와 바람을 무릅쓰고, 온 세상에 가득히 찬 의롭지 못한 것과 바르지 못한 것과 고르지 못한 악죄의 덩어리와 한바탕 싸웠을 것입니다.

이런 소리는 그만두고 내 생활에 대해서 몇 마디 적고자 합니다. 내 생활의 지난 일이 내 몸뿐만 아니라 우리 기생들에게 거의 똑같은 일일 것입니다.

이 사회제도가 근본적으로 잘못된 탓이라고 할까 또는 가정관계라고 할까. 어쨌든 내 몸을 화류계에 내놓아 돈 있는 사람들의 한 개 노리개가 되고, 그리고 이리 팔리고 저리 팔려 다니기 시작한 지가 벌써 열세 해 전부터입니다.

지금 내 나이가 스물일곱 살이니까, 열세 해 전부터입니다. 열세 해 동안을 꼭 기생질만 한 것은 물론 아닙니다. 그동안 부르주아의 첩으로 살림도 들어갔었고, 그러다가 다시 화류계로 나왔습니다.

맨 처음 내가 요릿집에 놀음을 나가니, 그때는 철없는 때라서 아무 이렇다는 감상도 없고, 가슴에 찔리는 느낌이라든지 슬픔이라든지 기쁨이라든지는 없었습니다. 다만 어리떨떨하고 수줍어서 어쩔 줄을 몰랐을 뿐입니다.

나를 오입쟁이들은 귀애하기도 하고 사랑도 하여 주었습니다. 이러하기를 하루를 지내고, 이틀을 지내고, 한 달 두 달 이리하여 한 해 두 해를 넘어가니, 나는 내 직업에 아지 못하는 사이에 취미가 붙기 시작하였습니다.

하룻밤이라도 놀음을 가지 않으면 어쩐지 쓸쓸하기도 하여, 그날 밤은 기쁘지 못하게 밤을 새운 적도 많았습니다. 이리하다가 내 나이가 열여섯을 넘으니, 돈 있는 사람들은 나를 꺾어서 그들의 욕심을 채우려고들 애를 썼습니다.

그러나 나는 어쩐지 그들에게 내 몸을 허락하기가 싫었습니다. 돈만 가졌고 아무것도 모르는 고깃덩어리에게 내 몸을 허락하기가 싫었습니다. 그리하여 나는 늘 까마귀 떼처럼 모여드는 무리들을 본때 좋게 거절하였습니다. 어떤 사람은 값진 선물을 내게다 보낸다, 어떤 사람은 나를 저녁마다 요릿집으로 부른다 하였습니다. 그러나 이들은 다 내 고기를 탐하는 들짐승의 무리들이라고 해서, 나는 끝끝내 그들에게 내 몸과 마음을 허락하지 않았습니다.

항상 느낀 바는 이 세상을 위하여 싸우는 용사─사상을 높게 가진 맑은 사람이 나를 사랑하여 주는 사람이 없나 하고, 나는 늘 그러한 사람을 찾았습니다. 그리하다가 세월은 가고 오고 하더니, 내 나이 열아홉 살 되던 때에, 내가 항상 가슴 가운데 그리고 있던 사랑하는 이를 만나게 되었습니다.

그이는 프롤레타리아였습니다. 그이는 황금과는 인연이 먼 사람이었습니다. 그이는 세상을 위하여, 민중을 위하여, 우리와 같은 처지에 있는 불쌍한 무리들을 위하여 용감하게 싸우는 전사였습니다.

나도 그를 정열적으로 사랑하였으려니와, 그이도 나를 골똘하게 깨끗하게 뜨겁게 사랑하여 주었습니다. 나는 얼마나 행복스러웠고 기꺼웠겠습니까. 두 사람 사이에는 사랑의 열매가 생겼습니다. 우리 두 사람은 더욱 강렬한 사랑을 속살거렸습니다.

이러한 행복스럽고 기쁜 세월은 흐르듯 어느덧 삼사 년을 달아났습니다. 좋은 일에는 반드시 지장이 있는 것인지, 나에게 나의 이성과 그이에 대한 사랑을 덮어버리고 어지럽게 하는 한 사건이 일어났습니다.

그 사건이라는 것은 다른 것이 아니었습니다. 어릴 적부터 친하던 어떤 부르주아의 아들이 외국 유학을 갔다가 돌아왔습니다. 그는 나에게 도끼질을 시작하였습니다 그려. 열 번 찍어서 아니 넘어가는 나무가 어디 있겠습니까. 나는 필경 그에게 내 몸을 허락하게 되었습니다. 이때였습니다. 나는 번민과 고통을 맛볼 대로 맛보았습니다.

'어쩔까, 이 일을! 사랑을 버리고, 자식을 떼고, 황금을 따라가나.'

이것이 내 머리를 어지럽게 하고, 괴롭게 하는 해결 짓기 어려운 큰 문제였습니다.

한번 어두워진 이성의 눈은 밝아지지를 못하였습니다. 나는 끊임없는 빵의 행락을 얻기 위하여, 결국 부르주아의 첩으로 갔다는 말입니다. 참으로 몸이 튼튼한지는 병들어 보아야만 아는 것과 같이, 돈 있는 사람에게 간 뒤에야 옛날 애인의 사랑이 얼마나 크고 높고 깊고 멀고 넓고 튼튼하였는지 통절히 느끼었습니다.

이 사람은 약 두어서너 달 동안은 나를 사랑하였습니다. 다른 여성과 관계도 끊었으며, 그리 잘 다니던 요릿집, 기생집도 아니 갔습니다. 그러나 그는 항상 돈 있다는 냄새 - 더러운 냄새를 피웠습니다. 그것이 가끔 가다가 속이 상하고 아니꼬워서 죽을 뻔하였습니다.

그러다가 이 사람 보시오. 두서너 달을 지내더니 기생집 출입, 요릿집 출입을 하기 시작합니다. 반년이 지난 뒤는 나다니는 수효가 늘어납니다 그려. 나는 이곳에서 다시금 참회하는 눈물을 흘렸습니다. 옛날의 애인을 버린 것을 참회하였다는 말입니다.

결국은 이 사람과 갈라지고 말았습니다. 나는 염소가 도살장을 벗어나는 듯하여 기뻐하였습니다.

나의 걸어갈 곳은 어디입니까? 할 수 없이, 어쩌는 수 없이, 또 화류계에 발을 들여놓게 되었습니다. 지옥을 벗어나서 또다시 지옥으로 온 것 아닙니까.

첫 번째 인력거가 옵디다. 그 인력거에 몸을 얹으니 죽으러 가는 것 같습디다. 가슴 가운데 오고가는 감개한 생각이야 당한 사람이나 알까, 제3자의 추측으로는 근경도 엿보지 못할 것입니다.

옛날과는 세태도 달라지고, 사람들 마음도 약아졌습니다. 나도 변하였습니다.

옛날에는 술도 안 먹었습니다. 지금은 술도 먹고, 놀기도 잘합니다. 그러나 기뻐서 그런 것이 아닙니다. 내 속에 가득히 찬 한과 수심을 잠시나마 잊고자 하여, 억지로 일부로 그러는 것입니다. 나는 항상 세상을, 인생을 비웃고 지냅니다. 세상과 싸우는 것과 비웃는 것과의 거리는 멀지 않습니다. 웃음과 노여움이 똑같은 성질의 그것 아니겠습니까.

나는 세상을 끝없이 저주하다가도 웃습니다. 웃다가는 저주합니다. 내 이 생활이 언제나 바로잡힐까는 바라지도 않습니다. 내 몸만이 행복하기를 바라지 않는다는 말입니다.

왜 그러냐 하면 나와 같이 기이한 운명에 부대끼는 사람이 하나둘이겠습니까. 조선을 말할지라도, 2천만 인구 중에서 10분의 9는 나와 같은 계급이 아닙니까. 이 무리의 행복스러운 세계가 오는 그때라야만, 내 자신의 문제도 해결이 될 것을 믿고 있는 까닭입니다.

이 글의 수록 잡지에는 다음과 같은 편집자 글이 달려 있다.

"기생의 인생관을 하나 실어보자 하고 우리는 의식을 가진 기생을 모조리
끄집어내어 전형詮衡을 하였다. 중의일치衆意一致 박옥화 양이 당선되었다.
그에게 글 써주기를 청하기 위하여, 농담 제일의 김군과 같이 그를 찾았다.
안색이 옥 같고, 태도가 몹시 훌륭하여 정신이 흐리게 하고, 미목眉目이 맑고
빼어나며, 기품이 학 같고, 말재주가 몹시 뛰어나, 이것만 하여도 겉으로
드러나는 아름다움外美이 만점인데, 게다가 계급의식을 가졌으니
내미외미內美外美를 모두 갖춘 명기名妓다. 어떠한 인텔리의 담론일지라도
하나 빼지 않고 다 알아들으니, 지식도 이만하면 충분하지 않은가.
좌기左記한 그의 한마디 한마디가 머리를 끄덕이지 않고는 안될 곳이 많을뿐더러,
그의 계급적 감정에서 발로한 글귀를 읽을 때에 우리는…."

1.3 드 라네지에르가 1901년에 그린 석판화. 기생과 무당의 모습이 보인다.

예기의
입장과 자각

윤옥향

예기藝妓란 무엇인가. 연회석에 초대 받아 와서 음악과 가무를 연주하여 흥을 일층 높이기 위해 일단의 풍류를 가미하는 일에 종사하는 여성이다.

이 사회에 경사가 있을 때에 우리는 가무로써 이를 축하하며, 타국에서 귀빈이 내왕할 때에 우리는 가무로써 그이들을 환영하며 그이들을 전송한다. 영웅열사가 온갖 어려움 속에서 악전고투하고 고심참담하여 성공의 월계관을 쓸 때에, 우리는 가무로써 그의 영화를 더욱 빛나게 하는도다. 어찌 일개 어린 탕자의 수중물이 되고 마는 것이 예기의 본이랴.

이십 세기의 문명은 거의 절정에 다다라 발명과 창조의 제반 사물은 우리의 생활상 필요 이상으로 넘쳤도다. 그러나 그 모든 문명의 기관은 과연 인류 생존에 행복을 초래하였느냐. 아니다. 그 모든 문명의 기관은 센 자가 이기고 약한 자가 지는 약육강식의 현상으로 보일 뿐이다.

그러나 우리를 너무 노예와 같이 보지 말라. 우리에게도 큰 한숨과 큰 설움이 있는 줄을 알지어다. 우리의 어여쁜 인생의 꽃은 애처로이 시들어지는도다. 인생도 길지 못하거니와 이팔청춘은 아침해 이슬과 다름이 없도다. 그 빠른 이팔에 미운 사람이나 어여쁜 사람이나 반겨 맞을 사람이나 무한한 괴로움에 싸이고, 참다운 인정과 진정한 사랑을 맛보기 어려운 우리들의 처지에 동정을 아끼지 말지어다.

그러면 우리 자신은 어찌하여야 될 것이냐. 첫째는 기생의 본뜻을 이해하고 우리의 입장을 분명히 하여, 그에 적당한 행동을 할 것이다. 둘째는 가무를 너무 지엽화시키지 말고 더욱더욱 닦아서, 일층 더 고상하게 하여야 될 것이다. 적어도 우리가 하는 가무는 우리의 음률을 대표하는 것이라서, 즉 우리의 책임도 적지 않으며, 따라서 우리의 신분도 천한 것은 아니다. 가무 그것은 예술이며, 적어도 우리는 예술가로다.

그러나 하등의 사회적 교육 없이 몇 년간 가무만 배워가지고, 금전의 노예가 되어 이리저리 표랑하며 부지불식중에 유탕자의 환심만 사고자 흡흡하게 되니, 이 세상의 비평을 사고 스스로를 낮추게 되는 것이다. 마침내 가무의 본뜻과 예술의 본뜻과 예술의 생명을 모르고, 비참한 운명에 일생을 희생하고 말게 되는도다.

이것은 누구의 죄악으로 현 사회제도를 비난할 것도 있으려니와, 우리가 일찍 자각하지 못한 책임도 적지 않도다. 이제 이 세상에는 여성해방운동과 남녀평등 주창과 심지어 여성참정권운동까지 실현되고 있으며, 공창폐지운동까지 점점 맹렬하게 일어나니, 우리 자신도 자각이 있어야 될 것이다. 악제도가 끼친 폐해로 인해 우리의 입장을 미워했음인즉, 서로 용기를 내어 일대 혁신이 있도록 할지어다.

우리는 우리의 가무로써 사회에 공헌하고, 인류 행복에 도움이 되어야 할 것이다. 그러면 가무는 물론이거니와 상당한 사회교육까지 얻고자 애를 써서, 모든 사람과 수평선상에서 용감히 싸워가야 될 것이다. 결코 비관만 하고 자탄 자멸하여서는 아니될 것이다. 감히 만천하 동지와 더불어 자각을 재촉하노라.

의기사 사당에서
감동하여 시를 짓다

산홍

천년의 긴 세월 의로운 진주
두 사당 곁에 더불어 높은 누각이 우뚝한데
보람 없는 삶이 그저 부끄러워
피리 소리 북 소리 놀음에 몸을 맡기네

진주 기생 산홍의 시다. 임진왜란 때 논개는 왜장을 안고 몸을 날려
의로운 이름을 역사에 남겼건만, 자신은 노류장화의 삶을 살고 있음을
부끄러워하는 내용이다. 논개를 모신 사당 의기사 현판 옆에 걸려 있다.
《매천야록》에는 산홍의 의로운 행적이 실려 있다.
"진주 기생 산홍은 용모가 아름답고 서예에 뛰어났다. 내부대신 이지용이
천금을 주며 첩으로 삼으려 했다. 산홍은 '세상 사람들이 대감을 가리켜
5적의 우두머리라고 합니다. 첩이 비록 천한 기생이나 사람 구실을 하며 살고
있는데, 어찌 역적의 첩이 되겠습니까'라고 사양하며 말하였다. 이에 이지용이

크게 화를 내며 산홍을 때렸다."

최고 권력자에 당당히 맞선 의기의 기개가 느껴진다. 하지만 산홍은 끝내
미련을 버리지 못했던 이지용의 공갈 협박을 견디지 못하고 1908년 자결하였다.
작곡가 이재호는 노래로, 양회갑과 박노정은 시를 지어 산홍의 의로움을 기렸다.
2019년에는 기생 산홍과 진주 기생들의 독립만세운동을 소재로 한 창작 뮤지컬
〈의기〉가 무대에 올랐다.

의기사
사당에서
감동하여
시를 짓다

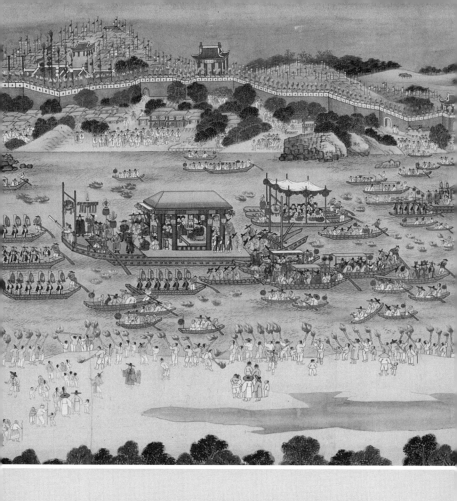

1.4 김홍도의 그림으로 추정되는 〈월야선유도〉. 평양감사의 부임을 축하하기 위해 대동강에서 펼쳐진 연회로, 그 규모가 상상을 초월한다. 감사가 탄 배와 오른쪽 배에 연회에 참석한 기생들의 모습이 보인다.

문학 기생의
고백

장연화

내 동무들은 나를 가리켜 문학을 좋아하는 기생이라 한다. 사실 나는 평양서 기생학교를 다닐 때부터 시와 소설을 퍽이나 좋아하였다. 그래서 내 손에서 문예 책이 떠나본 때가 없었다. 그 뒤 바람에 날리는 버들잎과 같이 한양이라 서울까지 올라와서도 신문에 나는 소설이나 잡지에 나는 시를 찾아보기를 잊지 않았다.

그러나 실상 말이지 문학이라 하여도 내가 문학을 이해하는 정도는 유치하다. 깊은 뜻이 숨어 있는 듯하면서도 아무리 생각하여 보아도 잘 몰라서, 그저 넘겨버리는 시도 많고, 소설 가운데의 문구도 많다. 그래도 문학을 좋아하는 열의는 결코 식지 않는다.

이런 말을 쓰면 모교에 큰 불명예를 끼칠는지 모르지만, 내가 열여섯 살 때 평양서 여자고등보통학교를 다닐 때에 우리 반을 담당한 젊은 선생 한 분이 문학을 퍽이나 즐겨, 그분이 처음으로 톨스토이의 카추샤 이야기를 들려주고 투르게네프의 〈그 전날 밤〉과 〈첫 사랑〉을 이야기하여 줄 때에, 내 가슴속에는 때아닌 불길이 일어 마치 어두운 밤에 고개 너머 반달이 오르는 것을 보는 것 같은 상쾌한 감정을 맛보았다.

그때가 문학을 즐기기 시작한 처음이었다. 그래서 그제부터는 평양 시내의 책점을 돌아다니며 소설책을 사들여 읽기 시작하였다. 이것저것 읽는 가운데 투르게네프의 작품이 부드럽고 몹시 마음에 들어 되는 대로 그분의 작품을 자꾸 읽었다. 〈아버지와 아들〉이라거나 〈연기〉 같은 작품은 읽어도 잘 몰랐지만, 그러면서도 그의 산문시라거나 〈엽인獵人일기〉까지 빼놓지 않고 깡그리 읽었다.

그분의 작품을 읽고 나자, 나는 새 세상 하나를 더 발견한 듯하여 퍽이나 유쾌하였다. 솔직하게 고백하자면 투르게네프 그 양반이 내 가슴속의 첩첩이 닫힌 문을 열어준 어른이시다. 나는 행복스러웠다.

나는 남들과 같이 유여한 가정에 태어났더라면, 지금쯤 아마 평양여자고보를 졸업하고 그때 내 동무들이 이상으로 삼던 모양으로, 동경쯤 들어가서 메지로의 여자대학 영문과를 마치고 나와, 이화전문학교의 교수가 되었을는지 모른다. 그렇게 아니된다 셈 치더라도, 지금쯤 신문이나 잡지에 나도 여류문사로서 시와 소설을 발표하게 되어, 세상 사람의 칭찬과 귀염을 받고 있을는지 모른다.

그러나 나는 3학년 되는 해에 양모에게 끌려 대동강 연광정 가에 있는 기생학교로 들어가서 장구 치는 법, 춤추는 법을 배우는 몸이 되었다. 일찍 부모를 여읜 기구한 소녀는 양부모의 명령으로 장차 기생이 되는 길을 강제 받았음이다.

기생학교! 거기 들어가서 문학의 향기라고 맡은 것이 시조였다.

달이 벽공에 걸렸으니
만고풍상에 떨어짐즉도 하다마는
장안 취객을 위하여 장조금준長照金樽하노매

이러한 구절을 자꾸 배웠다. 어떤 것은 뜻을 몰라 선생에게 물어도 선생조차 모르지만, 그저 입을 이렇게 이죽삐죽 놀리고 억양에 맞추어 장구 장단만 치면 그만으로 되어 있었다.

기생학교에서 일 년 반 있는 사이에 나는 한 가지 얻은 것이 있었다. 그것은 조선 사람이 지은 시와 소설을 보고 싶다는 충동이었다. 시조와 같이 맥이 늘고, 시조와 같이 노루꼬리만치 짤막짤막한 것이 아니고, 시조와 같이 옛것이 아닌, 문예작품을 찾아보고 싶은 충동이 있었다.

이리하여 학교에서 나오면 나는 양모의 눈을 피하여, 현대문단의 여러 작가의 작품을 접할 수 있었다. 내가 그때에 읽은 것이 시로는 주요한 씨의 〈아름다운 새벽〉, 안서의 〈봄노래〉, 파인의 〈국경의 밤〉, 포석의 〈봄 잔디밭 위에〉와 소월, 김여수, 지용, 오천석, 심훈, 변수주, 한용운 씨 등의 시였고, 소설로는 현진건 씨, 김동인 씨, 이광수 씨, 염상섭 씨, 이기영 씨 등의 것을 중심으로 그밖에 여러 작가 것을 한두 번은 아니 본 것이 없었다.

지금도 내 집으로 놀러 오는 손님들이 내 책상 위에 쌓아놓은 문학서책을 보고 놀란다. 과연 나는 읽은 것이 수십 편을 헤이리라.

이리하는 사이에 역시 문예작품은 제 말로 자기 사회의 일을 기록한 것이 아니면 아니되겠구나 하는 생각을 갖게 되었다. 몇 해 전에 일본 번역을 통하여 읽은 투르게네프나 톨스토이 들의 작품이 위대하기는 하다 하면서도, 어쩐지 구두 신은 채 발끝을 긁는 듯이 실감이 나지 않았었다. 문학은 역시 제 문학이라야 하겠다.

어젯밤에 명월관 연회에 갔다가 나는 소설가 한 분을 만났다. 이분은 언젠가 평양으로 와서 부벽루 아래 수양버들이 축─드리운 것을 보고 향기로운 글을 많이 지어 발표하였던 분이다. 옛날부터 알던 이를 비로소 얼굴을 처음 대하였던 터이다.

나는 그이가 나이를 퍽이나 먹은 줄 알았더니 아직도 젊은이였다. 그는 술잔을 거듭하며 내 고향이 평양이란 말에 능라도와 대동강의 아름다움을 다시 되풀이하였다.

그러나 나는 문예를 좋아한다는 빛을 조금도 보이지 않았다. 실로 가끔 온갖 연회석상에서 저이가 문단의 유명한 아무개란 말을 듣고, 얼굴을 붉히며 퍽이나 반가운 표정을 지으려 하다가도, 혼자 속으로 그 감정을 삭여버리고 만다. 천한 기생이 문예 운운함은 무슨 수작인고, 할까봐서.

언젠가 잡지에서 김명순 씨의 시를 읽은 일이 있다. 김명순 씨도 평양여자고보를 마쳤다고 전하는데, 그렇다면 나의 모교 선배다. 김명순 씨의 시는 퍽 깊이가 있는 듯하다. 그의 필치는 다 타고 남은 차디찬 숯불을 보는 듯이 어딘지 차디찬 감각을 주지만, 역시 뜨겁기는 뜨거웠다.

그의 〈칠면조〉라는 소설도 보았다. 퍽 나근나근한 필치를 가진 이라 생각하였다. 그의 저작집인 《생명의 과실》 속에는 나의 가슴을 치는 아름다운 작품이 많았다. 더구나 청춘잡지에 내어 격찬을 받았다는 〈의문의 소녀〉라는 글은, 안개 속에 핀 향기로운 꽃떨기같이 쥐일 듯 쥐일 듯하면서 마음을 끄는 좋은 소품이었다. 여성이 되어 그런지 그러한 글이 나는 좋았다.

처음에 이 붓을 들 때에는 쓰고 싶은 말이 많을 것 같더니, 정작 원고지를 대하니 적을 말이 없다. 앞으로 기회 있으면 나는 이름을 숨기고 작품을 발표하고자 생각한다.

마지막으로 그동안 연회에서 돌아와 때때로 느낀 대로 적어둔 두어 편 노래를 적어보리라.

놀이터의 노래에 목이 쉬어

돌아와선 화나서 함부로 뜯는 가야금이여

줄 끊어지도록 뜯으며 뜯으며

이 밤을 새일거나.

검은 머릿발에 드리우는 이 검은 머리,

이 좋은 머리칼이 나 같은 기녀의 머리 위에 나지 않았던들…

덕왕의 인상

문학 기생의 작품

김숙

아침부터 날이 흐리고 유난이 바람이 차서 바깥을 나가기 두
려워하고, 종일토록 내 방 아래 꿇어앉아 햇빛을 못 보고 해가
저물었다. 오후 5, 6시가 되면 매일같이 오는 인력거가 끔찍하니
생각된다.

어김이 없는 약속 시간에 나는 명월관에 가서 오늘은 또 손님
이 누구인가 하고 궁금하였다.

의외로 몽골 덕왕德王* 환영 연회라 하여, 그 덕왕을 좀 보고 싶
은 생각에 두세 동무와 수군대며 기다렸다. 뜻밖에 덕왕은 삼단
같은 머리를 따내리고, 청띠를 질끈 띠고, 환두 차고, 옥 보물을
주렁주렁 달고, 그 무슨 오랜 옛사람을 보는 것 같아서 더욱 엄숙

* 청나라에 의해 덕왕德王이라는 작위에 책봉되었으며, 내몽골의 독립을 위해 일본에
협력한 몽골 정치 지도자 데므치그돈로브. 만주국의 괴뢰국이었던 몽강국蒙疆國의 국가
주석을 역임하였으며, 조선총독부의 초청으로 경성을 방문하였다.

해 보였다. 설마 지금 세상에 덕왕이 아직도 머리를 땋고 있으리라고는 생각지 않았다.

거기서 조선의 여흥을 소개하기 위하여 춤도 추고 노래도 불렀다. 덕왕은 점잖은 태도에 팔짱을 딱 끼고 앉아 말없이 한참 심각히 보더니, 조선말 소리와 풍속은 중국, 몽골과 비슷하다고 반가운 낯을 띠고 말하였다.

나는 무슨 옛날 역사나 듣는 것 같아서 한층 더 친절미가 생겼다.

내가 손을 들어 악수를 청한즉, 같이 손을 들어 반갑게 악수를 하였다. 나는 종이 한 장과 붓에 먹을 찍어 들고 사인을 청하였다. 그는 거절치 않고 복福이라는 글자를 써서 주며 '이것은 복이 있으라는 말이다' 하고 다정히 통역까지 하여주었다. 얼마나 고맙고 황송한지 몰랐다.

나는 황송한 마음에 받아가지고 와서 쓸쓸한 내 방 벽에다 걸어놓고, 그 충충 따 내린 덕왕의 머리와 그 점잖은 태도에 단아한 인상을 그려본다.

아ー 그는 과연 위인이더라.

1.5 무희 복장을 하고 있는 기생.

신생활 경영에 대한 우리의 자각과 결심

오홍월

1. 우리도 사람이다

처지가 같고 사정이 같은 동무들아! 우리는 지나온 길을 회상하고 모든 미래를 생각하여 보자. 우리는 너무도 한심하고 적막한 길을 밟아왔다. 그런즉 우리는 지금부터 새터 위에 새싹을 돋게 하여야 하겠다.

세계 어떤 나라 사람을 막론하고 모두 말하기를 사람은 만물의 영장이라고 한다. 그러나 세상 사람들은 어찌하여 사람끼리 서로 존경할 줄을 모르는가.

사람이 만물 중에서 가장 귀중한 이상에야 다른 동물에 대하여 귀중할 뿐 아니라, 나도 귀중한 사람인 동시에 남도 귀중한 사람이 아닌가. 그러한데 과거의 조선 여자 특히 남다른 처지에 있는 우리들은 무슨 까닭으로, 무슨 조건으로 감정을 죽이고 모욕과 유린을 당하면서, 오직 소리 없는 눈물을 굽이굽이 흘릴 뿐이었는가.

혹은 말하기를 계급과 직업이 그러한 까닭이라 한다. 그러나 이 것은 과거의 잘못된 생각이고, 직업의 신성함과 인간의 평등함을 모르는 까닭이다.

2. 직업에는 귀천이 없고, 사람은 평등하다

이 세상 사람은 알기 쉽게 말하자면 다섯 개의 손가락과 같다. 보라, 굵고 가늘고 길고 짧은 구별은 있을지언정, 어떤 것이 상등 이고 어떤 것이 하등이며, 어떤 것이 귀하고 어떤 것이 천할 리 는 없다.

그 다섯 가락이 다 같이 귀중한 것이다. 사람도 이와 같아서 남 녀와 현명한 사람과 어리석은 사람의 구별은 있을망정, 다 같이 귀한 사람인 점에서는 일반으로 평등하다.

현금의 법률을 보라. 부자를 죽였다고 사형에 처하고 거지를 죽 였다고 무죄가 되며, 남자를 죽였다고 죄가 중하고 여자를 죽였 다고 죄가 가볍지는 아니하다. 법률은 사람을 평등하게 본다.

또 옛날에는 사농공상이라고 하여 관리나 선비가 귀하고 그 다 음이 농민, 장인, 상인의 순서로 귀천의 차별을 하였으나, 이것은 미개한 시대의 일이다. 이 사회에는 물론 관리나 학자가 없어서는 아니되며, 농부도 없어서는 아니된다. 하지만 공업가와 상업가가 없으면 이 사회가 어찌 완성되며, 예술가나 음악가가 없으면 취미 있는 생활은 무엇으로 경영할 것인가. 누구든지 그 직업에 대한 자각과 관념을 가지고 직업에 광채를 내어야 되겠다.

3. 우리의 직업은 취미적이다

사람이 한세상을 살아가려면 다만 고대광실에서 금의옥식을 누리는 것으로만 만족하지 못할 것이다. 유쾌한 예술적 취미생활, 다시 말하자면 웃고 싶기도 하고, 울고 싶기도 한, 일종의 감정생활이 없어서는 아니된다. 시와 노래가 없어서는 아니된다. 몰취미한 생활처럼 살풍경한 일은 없을 것이다.

대체 사람이란 것은 아침부터 저녁까지 얼굴을 찌푸리고 살 수도 없는 것이고, 종일토록 긴장하고만 있을 수도 없는 것이며, 날마다 뼈가 빠지도록 일만 하고 사는 것이 인생의 참다운 목적도 아닐 것이다. 우리가 활동하는 반면에는 즐겁고 유쾌함을 맛보는 일이 없으면 만족하지 못하나니, 나는 가무나 음악이 사람의 생활을 유쾌하게 하고, 즐겁게 하고, 광채 있게 하는 것이라고 생각한다.

그런즉 눈과 달을 읊어서 술을 권하며, 꽃과 새를 노래하여 마음을 위로함이 그 무엇이 비천하랴. 실로 취미적 생활이라 하겠다.

4. 우리의 자각과 결심

그러나 의미 있는 생애를 살면서도 우리 대다수가 천대와 무시를 당하며, 눈물과 한숨을 맛보아 화조월석에 애달픈 운명을 저주하게 됨은 무슨 까닭인가. 거기에는 물론 사회제도의 결함도 있겠지만, 그 중에 중대한 원인은 우리네가 그러한 대우를 받을 만한 결점을 가졌던 까닭이라고 생각한다.

과거의 우리에게 수양도 없고 신경도 없었던 까닭으로, 발달도 없고, 진보도 없고, 향상도 없었다. 그러한 지난 일을 자꾸 되풀이하면서 바보의 분개와 멍텅이의 감정을 가져서야 무슨 소용이 있으랴.

지금부터는 과거의 무의미한 생애를 간절히 느끼며, 굳고 굳은 새 자각과 결심을 가지고 신생활의 첫길을 내디뎌보자.

1. 우리는 상당한 상식과 기예를 수양하여 남의 밑에 들지 아니하게 할 일.

1. 지나간 날의 미지근하던 감정을 버리고 예민한 새 감정을 살릴 일.

1. 완전한 예술적 개성을 살리기 위하여 환경에 반항하기를 자각할 일.

1. 이러한 자각 밑에서 처지가 같은 우리들끼리 단합하여 우리의 위력, 사람으로서의 평등적 지위를 보전할 일.

우리는 이러한 정신과 표어 밑에서 새로운 자각과 결심을 가지고 나아가자.

화류계에 다니는
모든 남성에게 원함

배화월

나는 향촌에서 자라난 한 순결한 처녀였다. 아버지와 어머님의 따뜻한 품속에서 곱고 곱게 양육된 가장 순결한 처녀였다.

이웃 아이들과 소꿉질도 하고 ㄱ ㄴ ㄷ ㄹ 하고 언문도 배우면서, 갖은 재롱을 다 부리고 아버님과 어머님의 뜨거운 사랑 속에서 자라날 때에, 오늘날 이러한 경우와 이러한 처지를 당할 것을 어찌 몽상이나 하였으랴.

생활난이란 악마의 유혹이 매우 심한 바가 있었고, 독한 서리 기운이 새로 돋는 싹을 여지없이 침노하여 어린 여성의 약한 가슴을 임의로 조롱하니, 한없는 부모님의 뜨거운 사랑도 눈물 속에 매몰되었고, 나의 유일한 생명인 정조도 악독한 남성들에게 여지없이 유린당하였다.

그리하여 인연 깊은 부모님과 정든 고향산천을 눈물로 작별하고, 풍속 다르고 낯선 도회지 생활을 맛보게 되니, 이곳에는 같은 설움과 같은 고통을 받는 동지 여성들이 무정한 사회의 간

특한 남성들의 죄악을 부르짖는 소리가 온 대지 위에 편만하여 있다.

오- 이 교활하고 어리석은 남성들아.

너희는 너희의 배후에서 당신을 저주하는 여성들이 그림같이 쫓으면서 기회 있기만 엿보는 것을 모르고, 오직 당신의 부형들이 남겨준 약간의 재산을 믿고 순결한 어린 여성들의 정조를 유린하는 것으로 무슨 위대한 사업만 같이 생각하니, 당신들을 위하여 어찌 한심치 아니하랴. 당신들은 우리 화류계에 있는 여성들을 완롱시하여 모멸하지만, 우리도 또한 우리의 인격을 스스로 존중하며 당신들의 어리석음을 비웃는 것을 잊어서는 안된다.

당신들은 황금만능의 과도시대에 어리석은 부르주아들이 함부로 지껄이던 것을 믿고 화류계에 있는 우리 여성들을 대한다. 무슨 인육 경매장에서 상품 매매하듯 하여서는 당신의 이해가 너무도 부족한 것을 비웃을 것이다.

인정에도 진정한 인간성이 있는 동시에 비열한 인정이 있는 것을 이해하여 당신들의 인격을 존중하려거든, 우리의 인격을 또한 존중하여다오.

진주에 논개가 있었고, 평양에 모란이가 있었던 것을 역사가 이미 증명하였고, 당신들도 부인치 못할 것이다.

봄바람 가을비 소소한 때와 달 밝고 서리 찬 고요한 밤에 문을 두드리고 찾는 남성들을 우리들은 잘 이해한다. 그네들은 신풍미

화류계에
다니는 여성에게 권함

주新豊美酒에 취흥을 씌운 함양유협咸陽遊俠*인 줄을 이해하는 까닭에, 우리들은 그들을 대할 때에 한없는 느낌과 정 많은 회포로 그들의 앞길을 위하여 축복하고, 성공하려는 그들의 고통을 위로하여 준다.

또한 그네들 가운데는 이해 없는 여성으로 인해 번민과 고통을 받는 남성도 있고, 혹은 그 중에는 쓸쓸한 여관 등불 아래서 고향사를 생각하고 뒤척이며 잠을 이루지 못하다가 울울한 심사를 억제치 못하여 온 남성도 있을 것이다.

우리들은 이 모든 남성들을 잘 위로하여주고 환영하여준다. 우리가 이렇게 하는 까닭은 오직 인간과 인간이 서로 협조하여서 그 어떠한 가장 이로운 목적을 이루게 하고자 함이요, 그들의 장난감을 짓고자 하는 바는 아니다.

당신들 남성들은 화류계를 가리켜 남성의 앞길을 그르치는 악마의 굴같이 생각한다. 그러나 그것은 당신들 남성들 중의 음흉하고 가장 교활한 남성들이 어린 여성을 유혹하여 모든 악독한 짓을 다한 후에, 오직 그 남아 있는 죄악만을 우리 화류계에 있는 철모르는 여성들에게 미루는 것인 줄을 당신들은 또한 알아야 한다.

---

* 당나라 시인 왕유의 시 〈소년행少年行〉 속에는 '신풍미주두십천新豊美酒斗十千 함양유협다소년咸陽遊俠多少年'이라는 시구가 등장한다. 함양咸陽은 진나라 수도이며, 신풍新豊은 한나라 수도인 장안 옆에 새로 조성한 도시이니, '호기롭게 노는 서울 젊은이들咸陽遊俠'이 신도시 '신풍의 맛 좋은 술新豊美酒'을 비싼 값에 구애받지 않고 즐긴다는 뜻임.

화류계나 또는 어떠한 사회나 사람인 동시에는 양심도 순량한 것은 조금도 차이가 없을 것이다. 같은 인간성으로 자기를 이롭게 하기 위하여 남을 해롭게 할 인간이 어디 있으랴.

오– 인간 사회의 모든 진실한 남성들이여. 떨어진 꽃을 모조리 밟아버린 다음 놀 곳이 없어서 유희나 즐기러 찾아오던 과도기의 정신을 버리고, 아직 우리들이 남아 있는 때까지 사회를 위하여, 모든 인간들의 평화를 위하여 수고롭게 한뢰수를 수양코자, 고요한 밤 쓸쓸할 때에 위로하여줄 조선 친구를 생각하거든 오라.

성공의 힘을 협조하기 위하여 우리도 수고를 사양치 아니하리라. 오직 호리건곤*에서 취몽을 깨지 못하고 어린 여성의 정조나 유린코자 하는 어리석은 남성들은 자기네들의 앞길을 위하여 깊은 이해가 있기를 바란다.

---

* 호리건곤壺裏乾坤: 호리병 속의 천지. 술에 취해 있는 상태를 가리킨다.

화류계에
다니는 어느
남성에게 원함

기생 생활도
신성하다면 신성합니다

화중선

하은何隱 선생님,

선생님을 지면으로만 뵙고 늘 한 번 찾아가서 뵈옵는다는 것이, 몸이 완롱玩弄 계급에 묻히고 사람이 성적性的 차이가 있게 되었으므로, 벼르기는 벌써부터 기어이 한 번 찾아뵈오리라 하면서도, 이제껏 정식으로 존안을 배승拜承치 못하였습니다. 그러나 선생님을 어디서든지 뵈옵기는 하였을 것이라고 생각하고 있습니다.

귀사의 모든 선생님들도 어디서든지 모두 한두 번씩은 뵈온 일이 있는 줄로 믿습니다. 그렇지만 어느 분이 어는 분인지는 잘 기억치 못하여, 변변한 인사도 못 여쭈었습니다.

나의 직업이 직업이니까 어디서 한두 번은 뵈었겠습니다만, 나야 완롱적 취급을 받느라고 한가롭게 인적 교제를 할 틈이 있어야 누가 누군지 알게 되고, 또 여러분 선생님들도 나에게 우리 동무들보다 특이한 육적肉的 미라든가 예적藝的 특장이라든가 하는 것이 있어야 혹 기억하실 터인데, 미, 예가 모두 없는 나로서, 완롱 계급에 있는 저로서 어찌 사람 앞에서 행세를 하겠습니까.

언제이던가요, 식도원인가 합니다. 중외에 평판이 높으신 조선 시국사관을 쓰시는 김선생님 말씀이올시다. 우리를 매음녀이니 매춘부이니 지명을 하여가지고 죽일 년, 살릴 년 하면서 욕이란 온갖 갖은 욕을 무진히 하시던 그 어른밖에는 어슴푸레하게라도 이제껏 기억에 남아 있는 어른이 없습니다.

하은 선생님, 갑작스럽게 화류항의 속인, 소위 타락녀의 한 사람인 내가 감히 느낀 바를 말씀하고자 당당한 정치잡지의 귀한 지면을 더럽히려 하는 그 욕망이야 대담스럽지요. 그 생각이야 엉큼하지요, 네, 선생님. 선생님의 크나큰 아량과 넓고 넓은 금도襟度로도 그 의외에 놀라지 아니치 못하리다. 선생님, 그렇지만 우리도 사람인 이상, 나도 사람인 이상에 남과 같이 제 이상을 말하지 말라는 법이 어디 있습니까.

그래, 선생님들이 쓰시는 지면을 좀 빌어서 쓰면 어때요, 네, 선생님. 선생님, 엄청나시지요. 그렇지만 기고를 환영하시고 공정한 비판을 주관하시는 귀사이시라, 아니꼬운 년의 수작이라 하여 웃어버리고 그 난로 불쏘시개로나 쓰시지 마시고 지면의 한 귀퉁이에 실어주실 것 같으면, 그에서 더 큰 영광은 더 없겠다고 생각합니다.

하은 선생님, 신성론 본론으로 들어가기 전에 제 근본부터 여쭈려 합니다. 저로 말씀하면 원래 어떤 집 명문거족의 무남독녀 외딸로, 우리 아버지로 말씀하면 여러 항렬 중에 변변치 못하셔서 인제麟蹄 원인가 몇 고을 고을살이를 하시고, 제가 보통학교에 입학하던 해 여덟 살 적에 황천객이 되셨습니다.

그래서 우리 어머니께서 제 둘째 종형 오라버니를 양자로 데려다가 장자를 삼았습니다. 지금 ○○○ 사무관으로 계시는 이여요. 그러니까 우리 아버지 소생이라고는 저 일신밖에 없으니까, 어머니나 오빠나 일가나 할 것 없이 모두 저를 떠받쳐서, 저는 제 마음대로 제 꾀대로 자라게 되어, 남들이 과부 자식이라 지칭하게 된 응석쟁이가 되었습니다.

저 ○○여자고등보통학교를 오 년 전에 마치고 졸업하던 해 다음다음해 봄, 열아홉 살 먹던 해 봄부터 대동권번에 입적해가지고, 지금은 저 혼자서 관철동에서 영업을 하고 있습니다. 그것은 제가 결코 타락하여 매소부賣笑婦―아니 매소부買笑婦가 된 것이 아니오라, 각오한 바가 있어서 그리한 것이올시다. 말하고 보면 제게는 이적異蹟이라 할 만하지요.

제 지체를 말하다가 채 말하지 못한 것이 있어서 부연하겠습니다. 저는 이와 같이 질서가 없이 닥치는 대로 함부로 씁니다. 그것은 선생님께서 용서해주십시오. 참말이지 세상 사람들이 제각기 제 지체, 제 문벌을 자랑하지 않는 이가 없습니다.

저로 말하면 이 위에서 말한 것과 같이 남부럽지 않은 양반이올시다. 제 맏종형은 ○○은행 이사로 몇 만을 가진 큰 실업가이고, 둘째 종형 우리 어머니 상속인인 이는 ○○○ 사무관으로 계시고, 외숙은 ○○도 참여관으로 근근 행정정리 끝에 도지사로

승차가 되신다고 하고, 그 다음 일가 양반들 중에 재종, 삼종들 중에는 판검사, 군수, 은행 이사들이 그득하여 '왜목낫'으로 수수목 따듯이 그들의 목을 따더라도 한참은 딸 만합니다.

이렇듯이 남부럽지 않은 양반의 집 따님이랍니다. 그러하니 선생님 제가 인습의 포로가 되고, 관례의 표본 노릇을 하여 그들의 말대로 시집이라고 갔더라면, 어떤 집 귀부인의 탈을 쓴 산 인형이 되고 말 것이 아니오이까.

하은 선생님, 그렇지 않습니까. 저는 우리들 여성들의 시집살이는 뇌옥 생활, 즉 유폐 생활이라 합니다. 남녀칠세에 부동석이라는 내훈은 시대적 요구로 완화되어 남녀 공학의 학교 교육을 받게 되기는 했습니다만, 학교에서 가정으로만 돌아오면 외출을 어디 자유로 허락합니까?

그것이 여자로 태어난 우리가 주야의 차별, 내외의 차별이 없이 자유행동을 취하는 그들 남자들에 비하여 제일 유폐 생활이고, 더구나 아니꼽게 시집이라고 가면 태어나 보지도 못하고 친하지도 못한 소위 시부모의 사환군, 즉 노예 노릇을 하고, 남편 된 자가 신풍조에 젖어 제간에 이해하고 잘 사랑한다 해야, 일 년 동안 지내다가 봄철에 꽃 구경, 가을철에 단풍 구경 간다고 가족 소풍이라는 명목 아래 바깥 구경을 한두 번씩 할 따름이올시다. 그리고 언제든지 주부실에 들어 엎드려 있으라고만 합니다. 그것이 여자의 천직이라고 노도예덕奴道隸德의 강의를 고막이 터지도록 떠벌여 놓습니다. 그것이 동적 인간의 제이 유폐 생활이 아니고 무엇입니까.

가정 생활도 감성하다면 감성합니다

1.6 당당함과 자신감이 보는 사람을 압도하는 모습의 기생.

학교시대의 수신시간에 교장선생님이 "너희는 여자이다. 장래에 남의 아내가 되고, 남의 어미가 된다. 남의 아내가 되어서는 그 사람의 부모와 그 사람의 명령을 절대로 복종하고, 말씀이 마음에 불합한 점이 있더라도 반드시 따라야 한다. 더구나 남의 어미가 되어서는 그 자식의 명령까지 받아야 한다"고 하여, 소위 삼종지도를 지켜야 한다고 현모양처의 부덕을 게거품을 흘리며 강연할 때마다 저는 이렇게 생각하였습니다.

"놈팽이 영감이 사람깨나 죽였다. 네 손에서 해마다 오십 명씩만 졸업시킨다 하자. 그리고 네가 이십 년 동안만 선생 노릇을 하였다 하자. 그러면 천 명이라는 여성은 나날이 교육기계의 희생이 되겠구나. 육군 대장의 가슴에서 번쩍거리는 금칠 훈장이 몇 만의 무고민을 죽인 혈정표血精票라더니, 네가 작년에 받은 청람장靑藍章이 내 동무 천 명을 죽인 대상으로 받은 혈정표로구나. 그렇게 여성의 천진天眞을, 여성의 인간성을 제약하여 남성들의 완구, 씨통으로 만드느라고, 현모양처라는 미명 아래 제 모습 닮은 양아들처럼 주형에 부을 용액으로 되게 하느라고 죽을 애를 쓰는구나. 산 육체에 깃들인 산 정신을 뽑아서 우리로 하여금 일부러 괴뢰를 만들 것이 무엇이냐. 너는 살생자의 선수로 교장이라는 직함을 갖게 되었나. 끔찍도 하다. 수천의 여자를 죽인 살인범이 백주에 횡행하다니."

하고 그 떠드는 소리를 귀담아 듣지 아니하였습니다.

선생님, 그러니 그 노예적 도덕의 표적인 조행점(행실점수)이야

제게는 영점일 것은 당연할 것이 아닙니까. 그렇다고 시집 못 갈 년, 가문 망칠 년 하면서 어머니, 오빠, 외숙 할 것 없이 죽인다 살린다고 들볶아대더이다. 아니 살인범으로서 정하위正何位 서하등叙何等이라는 고관대우를 받는 바에는, 그들의 표점 여하에 미래에 현명할지 현명하지 못할지, 미래의 처의 좋고 나쁨이 결정될 것이 아니겠습니까. 그리하여 주위의 적이 많아갈수록, 저의 개성은 전연 그들과 배치되는 방면으로 향하여 갈 뿐이었나이다. 그래서 지금의 직업을 선택하게 된 동기가 여기에서 비롯하였습니다.

하은 선생님, 왜 나의 지금 생활이 신성하냐? 그 이유는 이러합니다.

사람이 개인으로나 사회로나 그 행위의 동력이 의식으로 일어나기보다 성性의 본연인 충동으로부터 일어난다 하여, 이 자연이 아닌 현 사회의 제약에서 인간성의 본연인 충동이 자유롭게 발현되지 못하는 것을 그 가치를 천명하게 하려고, 그 해방을 높이 부르신 저 러셀 선생님의 말씀을 보면, "어떤 사람이든지 그 충동과 욕망은 항상 창조적인 것과 소유적인 것이 있다. 어떤 충동 없는 것을 새로 찾아내는 방면으로 발현하는 충동을 일러 창조적 충동이라 하나니, 저 예술가의 충동 따위가 그 대표라 할 것이고, 있는 것을 지키려고 더 얻으려고 하는 방면으로만 발현하는 충동을 소유적 충동이라 이르나니, 사유욕 충동이 그의 대표라. 이 창조적 충동이 그 대부분을 차지하고 이 소유적 충동이 작은 부분을 차지하는 살림이라야 진선진미의 살림이고, 이런 살림을 살림하도록 된 사회제도라야 이상적 제도라" 하지 않았습니까?

선생님, 저는 어느 충동을 좋다 하고 어느 충동을 나쁘다 하겠는가 할 것 같으면, 물을 필요도 없이 러셀 선생님의 말씀을 그대로 긍정하는 파이올시다.

그래 현 제도가 어떠하냐? 고찰하건대 온갖 사회는 죄다 특수계급의 지배 아래서 자연치 못하고, 자유롭지 못한 구속일 뿐이외다. 이렇듯이 자유가 없으니 따라서 책임이 없고, 책임이 없으니 따라서 권리가 빈약하지 아니합니까. 그러므로 우리는 천부한 자유, 완전한 인권을 찾아야 전적 살림 곧 본연의 충동인 살림을 살림하게 되겠기 때문에, 현 사회의 온갖 제약을 부인하고 혁신하고자 하는 것이 아니오이까.

그리하여 일반은 이 두 가지 충동 밖에 또 "이 창조적 충동의 해방을 얻었다는 데서 우리 '누리'가 완미하게 되겠느냐" 하여, 이 창조적 충동을 향락화하여야 하겠다는 향락적 충동을 더하여 세 가지 충동으로 나누어 성적 작용을 말하게 되지 않았습니까.

그런데 이 창조, 소유 두 가지 충동은 노동의 방면에서 발현하는 성적 작용이고, 향락적 충동은 오락의 방면으로부터 발현하는 성적 작용이므로, 그 동작의 방향이 서로 다름에 따라 그 가치까지 서로 따로 감정하게 되어가지고, 이 노동을 유희화하려는 향락주의에 대하여 이 창조적 충동은 어디까지든지 노동으로 그 가치를 적극적으로 평하여, "우리 인간이 물질생활을 떠나서 의식주의 자료를 저절로 얻기 전에 또 정신 생활상에 종교 예술에 대한 충동이 전혀 없어지기 전에는 유희화가 되지 못할 것이다. 향락적 충동을 원만히 발양하려 함은, 즉 자유의 향락은 전자의 해방을 따라 국제적 경기라든가 국제적 예술 감상이라든가 이러한 것으로써 종족과 종족, 국가와 국가의 장벽을 철거케 하는 낙원화의 동력이라" 하지 아니합니까.

폐일언하고 이와 같이 오늘에 개성의 충동의 해방을 요구하는 민중 본위의 새 문화를 찾음은, 개성의 충동의 구속을 시인하는 특권계급의 옛 문화보수자 구축에 있다고 할 것이올시다. 하지만 암만해도 현대의 살림살이 형식에 많아야 할 창조 향락은 적고, 적어야 할 소유적 충동이 주되는 이 제도 아래서는 황금만능주의에 형이상의 모든 예술, 문화, 종교까지 정복되어 학자나 목사나 국무경이나 선생님이나 나나 모두 화폐가치의 계량의 대조물이 되어, 그의 이마에 얼마 간다는 정찰의 각인이 찍혀 있지 않습니까.

하은 선생님, 그러니 현재의 제약을 깨뜨리고 새 제약을 세우기 전에는 온갖 계급들이, 더구나 어용학자 어용관원들이 호가호위로 특권계급의 자본주의 신사가 명령하는 대로 순종하면서, 저보다 약한 자를 업신여기고 깔보고 하는 그 엉터리없는 꼭두각시춤에 구역질이 벌컥벌컥 납니다.

제 개성을 저버리고 남의 정신에 죽으라면 죽고, 굶으라면 굶고, 헐벗으라면 헐벗는 소유욕 충동의 그림자를 따라 다니면서도 제 소유적 충동을 만족케 못하고, 도리어 제 창조적 충동과 향락적 충동을 제어하는 비율을 보아 가지고 충이라, 효라, 열녀라, 반역이라, 불효라, 음란이라 하는 포폄襃貶의 표어에 속아 넘어가고, 그 모욕의 건더기가 몇 십 년 근속포상을 탔다, 상금이 붙었다 하여 비위 좋게 자긍하는 그 꼴, 뻔뻔하게 과시하는 그 짓들은 참말 구역이 나서 못 보겠습니다. 게다가 누가 서방님, 영감, 대감 하고 종 노릇 잘했다는 칭호를 불러주면, 입을 벙글벙글하면서 득의해 하는 그 상판들을 선생님은 어떻게 보십니까.

상관의 말은 신성하여 가히 범치 못한다는 복무규율에 매달려, 그 앞에서는 제 이상이란 감히 드러내지 못하여 제 성적 충동에 맞든지 아니 맞든지 덮어놓고 네- 네- 하는 매성자賣性者 매심자賣心者, 차라리 그보다도 더 적절하게 말하면 무신경한 기계 노릇을 하면서 젠 체하고 껍죽대고 뽐내다가 약한 여자나 가족에게 상관에 대한 분풀이로 소리치는, 그 더럽게 양양한 기세를 보이는 꼬락서니로 매일 쌀 서너 되 값을 버는 그 노동임금 일자리를 떼일까봐 전전긍긍하고, 혹시 불평도 말하지만 그 원인인 제약을 근본적으로 혁신하여 제 개성의 충동을 만족케 해보려 하지는 못하고, 그런 생각을 꿈에도 내어보지 못하는 무상공자로 매성매심자로 조직된 사회의 공민, 그들을 어떻다 말하면 좋겠습니까. 무어라 욕을 해주면 좋겠습니까.

특수계급의 찌꺼기 빵, 나머지 국물을 얻어먹으면서도 신사노라, 숙녀노라 하는 그들이나 또 사람의 피를, 사람의 기름을 착취할 대로 착취하여 살찔 대로 살찌고, 배부를 대로 배불러 죽는 그네들보다도, 저 붉은 피 흘리며 비지땀을 짜내면서 수레를 끌고 괭이를 둘러멘, 그 무산자들이 제 피 제 땀으로 살림살이하는 그 살림이야 얼마나 신성합니까. 피 팔고 땀 팔고 해서 쌀, 나무를 바꾸는 그들의 살림살이야 얼마나 신성합니까. 그 마음을 팔고 그 성을 팔아가지고 행세하는 그들보다…

하은 선생님, 그러니까 제가 매소賣笑함은 아니 매육賣肉함은 남성들과 같이 완력이 없는 약질로, 저 유산계급들이 저희의 향락적 충동과 소유적 충동을 만족케 하자고 우리 여성을 자동차나 술이나 안주나 집과 같이 취급하는 그 아니꼬운 수작을 받기 싫은 나로서, 차라리 역습적 행위로 소유적 충동과 추악한 향락적 만족에 광취한 그 사람들, 그 사회들로 하여금 저희들 소유적 충동의 또 향락적 충동의 발사작용에 져서 절로 견디지 못하여, 나의 신코에 입을 맞추고 나의 발바닥을 핥아가면서 자진하여 나와 나의 포로물이 되게 하여가지고, 나의 성적 충동을 발현하는 어떤 의의가 있는 살림살이를 하려 함에서 나온 동기였나이다.

선생님, 이 동기로 그 살림살이를 해보려고 육을 파는 속인들의 이른바 천부 노릇이 현 제약 아래서 제일 제 생각에는 손쉽게 되리라는 견해로 선택한 바이올시다. 제가 남들이 비죽거려가면서 비웃건만 내 개성을 전적으로 보육케 하고, 저 마음을 팔고 성을 팔아가지고 소유적 충동에서 견마가 되어 헤메이는 그들, 더구나 우리 여성의 적인 남성들 특권계급들을 포로하려는 복수 전사의 일원이 되려 함이외다. 벌써부터 그 동물 몇 마리를 포로하였습니다. 착착 성공하여가는 판이올시다.

선생님, 제가 남부럽지 아니한 부인의 탈을 쓴 시집살이를 마다하고 화류계 살림살이를 하게 된 그 동기가 제게 이적이라면 이적이 아니겠습니까. 그러니 이런 전제 아래서 개성을 전적으로 살리는 점으로 보아 육을 팔더라도 심을 파는 신사들보다 제가 훨씬 사람다운 살림을 산다고 생각합니다. 그래서 한번 매음론자로 나선 것이올시다. 선생님, 동의하여주시오. 아니 공명하여주시오.

하은 선생님, 그만두겠습니다. 원래 글이라고 써본 적이 없는 나의 솜씨로 쓴 것이니까, 밑도 끝도 없는 두루뭉수리올시다. 밥도 아니고 죽도 아닌 뒤범벅이올시다.

깐에는 생각나는 대로 쓴 심산이올시다만, 선생님, 무슨 소리인지 알아보겠습니까? 간단히 말하면 '마음' 파는 신사들보다 '살'을 파는 기생인 내 살림살이가 그들보다 못하지 않다는 말씀이올시다.

눌러보아주시오. 혹 지면에 실어주실 것 같으면 그대로 실어주시오.

선생님, 말로만 찾을 것이 아니오라, 꼭 한 번 기어이 편집실로 가서 찾아 뵈옵겠습니다.

3월 6일.

기생도
노동자다

전난홍

사회에서 기생에 대한 일은 몹시 말한다. 그러나 기생 된 우리는 절대로 기생 노릇하는 것이 편안하게 먹고 살려는 것은 아니다. 우리도 한 노동자다. 남자 노동자와 같이 호미나 곡괭이를 들고 땅을 파야만 노동자라 하면, 그렇지 않다.

우리 기생도 요릿집이나 어디를 물론하고 가서 한 시간에 일 원 금전을 받는 것이, 즉 노동에 삯전을 받는 것이다. 남자 노동자는 곡괭이로 땅을 팔 때에 이마에서 땀을 흘리며 노동하지만, 우리 기생은 속을 태우는 노동자다. 입을 열어 노래를 부르는 것과 손으로 양금이나 가야금을 뜯는 기생은 남자 노동자보다 무한고초 가운데 노동한다.

남자 노동자는 일이나 하여주고 삯전을 받지만, 기생은 머리와 조그만 심장을 썩여가면서, 여러 손님의 안 맞는 비위를 맞추어 가면서, 수심이 가득하여 혈색 없는 얼굴에 다정한 웃음을 웃어 가면서 노동을 하니, 남자 노동자보다 더욱 서럽고 마음 태우는 기생의 갖은 노동이 더욱 심한 줄 안다.

그러면 기생은 적어도 편안한 몸이 아니다. 노동자라도 정정당당한 노동자이다. 일 년에 육십 원이라는 세를 경성부에 바친다. 이 세상 사회에서는 기생이라고 우리를 부르지 말고, 노동자라고 불러주었으면 하는 생각이 든다.

그리고 한층 더 나가서 일반 손님도 기생이 노동자 중에서도 빈약한 노동자이고, 편안히 먹고 사는 것은 아니라는 생각을 하여 주기 바라며, 우리 기생 된 노동자는 철저한 노동을 하여 철저한 노동자가 되기를 단결하여야만 되겠다.

원제목은 〈기생도 노동자다-ㄹ가?〉.

여성운동의
수장이 되어

정칠성

생각건대 지금으로부터 30년 전 당시 이씨조선 말엽에 우연한 기회로 당시 대구 관찰사의 잔치를 구경하게 되었다. 그 마마의 지위를 부러워하여 그 길로 이웃 기생집에 찾아다니면서 공부라고 시작한 것이 천재란 말까지 듣게 되었다. 부득이 부모님이 그 길에 내놓게 되었는데, 그때 여덟 살이었다.

남들이 일취월장한다는 내 기예는 차츰 영문(도청) 본관(군청) 사또 잔치에 들리게 되었다. 한 번은 선생 되는 기생을 따라가서 그 신발을 지키며 구경하였다. 제자로서 늘 하는 일이었다. 그때 저 애가 시조를 잘 부른단 말이 상석에 돌게 되자, 사또가 곧 불렀다.

부름을 받고는 서슴지 않고 신을 쥔 채로 올라가 날아갈 듯이 앉으면 모두들 크게 웃었다. '너 시조 한마디 불러라' 하는 분부가 떨어지기 무섭게, 어린 소견에도 자기가 제일 잘한다고 생각되는 한고조 모신 명장이란 역금을 부끄럼 없이 불러, 많은 칭찬도 받고 웃음도 받았다. 그러다가 그 다음 그 다음해 순종께서 남쪽

지방을 순행할 때 대구라 달성에 오셨는데, 그때 여러 대관大官이며 여러 기생과 함께 나도 참례한 일이 있었다.

지금부터 20년 전 당시 일류라고 불리던 경성의 기생으로, 두세 곳 명문대가의 소실로 이름을 날렸다.(이상스러운 것은 대구의 최 감사 퇴임시 보던 그 사또 집 며느리가 된 일도 있었다.)

지금으로부터 10년 전, 즉 이십대 초반에는 3·1운동 직후로 조선 안이 수선수선하던 판이라, 깊은 뜻은 모르나 종로 네거리에 서서 바라보는 젊은 가슴은 흥분에 넘치는 뜨거운 눈물을 흘리면서 그 뒤를 따라다닌 일도 있었다.

여러 가지 활동사진에서 본 것과 이때 받은 충동으로 마침내 현해탄을 건너게 되었다. 거기(일본)에서 어학도 배우고, 서양 갈 준비로 영어도 배우고, 타이프라이터도 배웠다. 그러는 중에 차차 사회에 눈을 뜨게 되어 다시 조선에 건너왔다.

대구에 여자청년회를 조직하고, 경성에 여성동우회를 조직하였다. 전조선청년대회의 대표의 한 사람으로 활동하다가 다시 동경으로 건너간 때는 스물다섯 살 때였다. 동경에서 여학생학흥회 간사로 활동하는 한편, 삼월회에 참가하여 로자 룩셈부르크 여성과 사회란 팸플릿을 발간하는 데 힘을 쏟았다.

당시는 유영준, 박순천, 김선 씨 등 여류 웅변가들이 은퇴 기분을 가질 때였다 그 뒤를 이어 그 당시 연단에 매일같이 오르며 동경 지방에까지 다니면서 연설을 한 자는 여성으로서는 나뿐이었다. 그러는 중에 일주일에 몇 번 가지 못하던 기예학교를 마치자 서울로 돌아왔다.

　돌아와서 여러 동무와 함께 근우회를 창립하였다. 당시 조직부
책임자로 조선 각지를 순회하고 출판부 책임을 겸하여, 기억에 사
라지지 않는 역사적 의미를 띤 여성단체 근우회는 나의 결정이었
다. 다음에는 근우회 중앙집행위원장이 되고, 신간회 전조선대표
대회 대표위원의 한 사람이 되었다.

정칠성은 대구 출신의 기생으로 기생 이름은 금죽이었다.
서울로 올라와서는 한남권번에 적을 두었다. 3·1운동의 영향을 받아 일본에
유학하고 여성운동가가 되었다. 1924년 여성운동단체인 조선여성동우회를
창립하고, 1929년에는 신간회의 자매단체인 근우회 중앙집행위원장을 지냈다.
해방 이후 월북해 최고인민회의 대의원이 되었으나, 1958년 반혁명사건에
연루되어 숙청되었다.
이 글은《삼천리》1937년 1월호 '저명인물 일대기'에 실린 글로, 본래는
제목이 없다.

1.7 1918년에 출간된《조선미인보감》에 실린 정금죽.
《조선미인보감》에는 전국의 예기藝妓 611명의 프로필과 사진이 실려 있다.

지금부터
다시 살자

김계현

    신라가 삼한을 통일하매 복종하지 않은 고구려의 신하들은 국경을 넘어 발해국으로 건너가서 소회所懷를 이루고자 하였고, 백제의 옛 신하들은 나라의 땅이 중앙인 까닭에 멀리 가기도 불편하므로, 사방에 흩어져서 나라를 생각하는 불운한 회포를 오직 슬픈 노래에 섞어 부를 뿐이었다.

    그리고 혹은 백정으로 강징強徵되고 혹은 관노나 관비로 강징되어, 훌륭한 신사 숙녀들로서 천한 일에 종사하여 유두분면油頭粉面으로 가무를 전문하여, 내빈들에 대한 정성을 다한 접대와 벼슬아치며 귀인들의 위안 대상이 되어 대소 연회에서 가무를 연주하게 되었으니, 이것이 우리 기생의 기원이다.

    처용신사의 선악 선무에서 한숙嫺熟한 기술은 춘앵무, 무산향의 보법과 오양선, 박접무의 수법이 좌작진퇴坐作進退의 수무족도手舞足蹈에서 영산회상의 진법을 이루어 선경에 들어간 듯한 무도들이며, 엽공의 가곡과 우륵 선생의 음률을 모범한 학습은 은 사적 사표를 궁상각치우 오음으로 관현사죽 육률에 화하여 쾌절 장절한 우성은 울분한 불평을 쾌활케 하며, 비애 처량한 상성은 탐욕에 마취된 인심을 각오케 하며, 희락 화평한 궁성은 악감적 심리를 조화한다. 이것이 우리 기생들의 예술적 시초이다.

이 학습을 잘 이해하고 잘 사용하여서 민중에게 위안을 주는 것이 목적이다. 어찌 진희에서 상려의 몸을 지어 부질없이 망국한만 부르고 있으랴. 세계적인 대문호 카펜터는 "예술은 민중을 자극할 힘이 없으면 예술이라 할 수 없다"고 말하였다. 예술은 미美, 시詩, 극劇, 이 세 가지 빛을 띠고 민중을 자극하며 위안하여야 한다.

미술적 화장은 옛 본을 받아 장엄한 태도와 온화한 동작을 보일 뿐이요, 절대로 매춘부의 미혹적 추태는 아니었고, 시적 음률 사조는 정중히 평심 단좌하여 춘화추월春花秋月의 아름다움과 기산수려의 청취를 임의로 부르고 관현에 올려, 사람으로 하여금 속된 현실을 떠나 신비의 세계로 들어가게 함이 있고, 극적 무도는 선궁으로 배경을 삼아 요지연瑤池宴에서 반도蟠桃를 드리고 항아가 단계를 꺾는 것으로 만세 성중에 태평건곤을 이루는 것이었다.

그러면 우리의 기원과 목적과 기술이 얼마나 고상한가. 이러한 몸으로 우리는 어떠한 대우를 받았는가. 천대를 받았는가, 후대를 받았는가.

경박 자제가 무시하고 천대하며 이해 없는 사랑으로 몰상식하고 천루야비한 행동을 마음대로 하는 것은 오히려 용서하겠으나, 소위 상등사회인 신사들 가운데에서도 오만한 태도로 비루한 언론을 하는 것은 차마 당할 수 없는 경우가 비일비재이다.

그럴 때마다 눈물과 한숨이 섞인 신세지탄이 저절로 솟아올라 간장을 끊는 듯하다. 아! 이것이 과연 누구를 원망함일까. 그들의 오만무례를 원망함일까. 아니다, 결코 그것이 아니다.

천대와 무시는 우리가 자초한 것이다. 우리가 우리의 기원과 목적을 모르고 일시적 액운에 빠져 옆길로 비꾸러져서 직업적으로 물질을 탐내어 신성을 잃어버린 까닭이다. 그러면 내가 홀로 이것을 깨달았는가. 아니다, 깨달은 동무도 많다.

우리의 이 깨달음을 널리 알려서 춘몽春夢 중에 있는 동무로 하여금 깨닫도록 하고, 이미 깨달은 자로 하여금 한 걸음을 더 나아가 실행케 하여 우리의 품격을 향상케 하면, 이것이 홀로 우리의 설움을 소멸케 할 뿐 아니라, 문화의 향상과 풍속의 개선에도 도움이 있을 것이다.

우리의 이 뜻을 잘 알고 잘 전파해줄 곳이 곧 《장한》일까 한다.

여러 동무여, 생각하라.

2부   **나는 어떻게
기생이 되었나**

파란중첩한
나의 전반생

백홍황

　참, 내가 밟아온 반육십의 짧고도 긴 인생의 험한 길을 더듬어 본다면 모든 것이 눈물이요, 모든 것이 허무한 꿈이로소이다.

　저희 집은 본시 경상도 대구였습니다. 아버지는 거기서 어지간히 큰 드팀전을 하셔서 저희 집은 그리 남부럽지 않게 풍유하게 지나왔습니다. 그래서 제 나이 열두 살이 될 때까지 귀한 집의 무남독녀로 쥐면 꺼질까 불면 날아갈까 하는 부모님의 따뜻한 사랑 속에서 자라났습니다.

　그래서 세상이라는 것이 어떤 것인지, 사람이라는 것이 어떤 것인지도 모르고, 그저 부모님께 어리광부리는 것으로 세월을 보냈습니다. 생각하면 천진난만하던 그때가 저의 살아온 동안에 제일 좋은 때였어요. 아니, 아마 이후에도 영원히 그러한 꿈같이 아름다운 시절은 두 번 다시 오지 않을 것입니다.

　그러는 동안에 어찌어찌하다가 아버지가 장사에 실패를 하게 되어, 시커먼 불행한 그림자가 저희 집 일판을 싸고돌게 되었습니다. 어느 날 저녁 때였습니다. 아침부터 하늘이 흐리고 음산한 바람이 불어오더니만, 저녁 때가 되니까 솜같이 탐스러운 눈송이가 펑펑 쏟아지기 시작하였습니다.

두루마기 위에 눈을 가득히 맞아가지고 집에 돌아오신 아버지는 옷의 눈도 털려고 아니하시고, 안방으로 들어오시더니만 방바닥을 두드리시면서 일장통곡을 하셨습니다. 마루에서 반찬을 장만하고 있던 어머니와 저는 하도 어이가 없어서 한참동안 멍멍히 서 있었습니다.

나중에 안 일이지만, 그날 한꺼번에 기울어진 가산을 회복해볼까 하여 남의 집 재산을 잡혀서 어떤 투기사업을 하였던 것이 그만 아주 실패를 당한 까닭에, 실망낙담한 아버지는 그와 같이 통곡을 하시었던 것입니다.

그런 일이 있은 뒤에 며칠이 못되어서 저의 살던 집은 남에게 집행을 당하고 말았습니다. 추수를 하여 다 쌓아놓은 곡식도, 내가 시집갈 때 입으려고 장만해놓은 의복을 넣어둔 장도, 하다못해 벽에 걸린 시계까지 모조리 집행을 당하고 말았습니다.

그때 저는 어린 마음에 무슨 난리나 쳐들어온 것 같은 무서운 생각이 나서 목을 놓아 울었습니다. 어머님은 목메인 소리로 저더러 울지 말라고 달래시면서 당신도 치맛자락으로 눈물을 씻으셨습니다. 아버지는 꼴 보기 싫다고 두루마기도 입지 않고 바깥으로 뛰어나가셨습니다.

손에 익은 세간을 빼앗기고, 겸하여 살던 집조차 빼앗긴 저희

모녀는 다만 목을 놓아 우는 이외에 무슨 도리가 있었겠습니까? 오늘 저녁부터는 몸을 담을 방 한간 없구나 생각하니까, 어린 소견에도 천지가 아득하고 처량하여서 꼭 죽는 것 같았습니다.

　그래서 어쩔 수 없이 아버지가 무슨 도리가 생길 때까지 저의 먼촌으로 아주머니뻘이 되는 집에 가서 붙어 있기로 하였습니다. 여기서부터 저의 고생살이는 시작됩니다.

　그럭저럭 일 년이 지나도 믿고 기다리던 아버지에게는 아무 수도 생기지 않았습니다. 그래서 그동안 설마 내일은 무슨 수가 생기겠지, 다음달에는 무슨 도리가 있겠지 하던 마음은 봄날의 눈과 같이 사라져버리고, 늙은 아버지에게는 이제 아무런 수도 없으려니 생각을 하니까, 하루이틀도 아니고 쇠털 같은 날을 누구를 믿고 누구를 바라고 살아갈까를 생각하니까, 앞이 캄캄하여서 보이는 것이 없었습니다.

　"아들도 없고 딸 하나뿐이니, 별 수 있소. 기생으로라도 넣어서 저애를 의지해 살아야지 어떻게 한단 말이요."

　우리를 동정해주는 어떤 이가 그와 같은 말을 할 적마다, 어머니는 그야 될 말이냐고 아주 귀를 기울이지도 않지만, 저의 속생각에는 저의 힘으로 어머니 아버지를 안일하게 살게만 할 수 있다면, 기생 아니라 더한 것이라도 할 생각이 슬금슬금 들었습니다.

　그 후부터 기생을 만들어달라고 기회 있는 대로 어머니를 졸랐습니다. 그럴 적마다 어머니는 "이애 기생이라니, 죽으면 죽었지 그 노릇은 못 시키겠다" 말씀하시며 퍽도 언짢아하셨습니다.

그러나 열 번 찍어 넘어가지 않는 나무 없다고 허구한 날 하도 조르니까, "그것도 네 팔자니 어쩌겠느냐" 하시며, 저를 기생 권번에다 넣어주셨습니다. 그래서 이웃에 사는 동무들은 아침마다 책보를 끼고 학교에 가지만, 저는 날마다 그 대신에 권번에 가서 춤도 배우고 노래도 배웠습니다.

"애, 저 아이 기생 봐라, 하하."

날마다 함께 놀던 이웃에 사는 동무 아이들은 나를 볼 때마다 이렇게 놀렸습니다. 처음에는 부끄러워서 얼굴이 화끈거리고 분에 못 이겨 가슴은 울렁거렸습니다. 그러나 춤이나 노래를 잘만 배우면 우리 집을 구해낼 수가 있으려니! 생각을 할 때에는 다시 새로운 용기가 났습니다.

덧없는 세월은 어언간 5년이 지났습니다. 그동안 힘쓴 결과로 소리라든지 춤이라든지 남에 비해서 과히 떨어지지 않을 만큼 되어서, 각급 요릿집 같은 데에도 불려 다니게 되었습니다.

그때 제 나이 열일곱 살이었습니다. 꽃으로 이르면 꽃봉오리 같은 때라, 그 봉오리를 깨뜨리려고 모여드는 나비의 수는 나날이 늘어갈 따름이었습니다. 세세한 것은 이루 다 말할 수도 없고 또 지금까지 자세히 기억하지 못합니다만, 한 가지 지금까지 잊히지 않는 절통한 일이 있습니다.

그 당시 대구에서도 상당히 이름 있는 재산가로 거의 육십에 가까운 늙은이가 하나 있었습니다.(그는 머리가 벗겨진 까닭에 별명이 대머리였습니다.) 어느 연회석상에서 한 번 만난 뒤부터 그는 어지간히 저의 뒤를 따라다녔습니다.

나이로 하여도 자기의 손녀밖에 안 되는 나를 가지고 무슨 욕심을 채우려고, 기회 있는 대로 무리한 요구를 하는 것이었습니다. 그때까지도 진정 사내라는 것이 어떠한 것인지를 잘 모른 저는 한편으로는 무섭고, 한편으로는 겁이 나서, 그런 말을 할 때마다 몸을 피하였습니다.

어느 날 밤이었습니다. 세수를 하고 나서 화장을 하고 있으려니까, 요릿집에서 인력거가 왔습니다.

그래서 부리나케 화장을 하고 옷을 바꿔 입고는, 바삐 인력거 위에 몸을 실었습니다. 인력거꾼은 신이 나서 줄달음칩니다.

문을 가만히 열고 어느 손님이 나를 불렀나 하고 맞은편을 바라보니까, 아니나 다를까 그 대머리였습니다.

"으-o, 이제 오느냐. 자, 이리 와서 술 따라라!"

나를 보자마자 그 손님은 이렇게 말하고는, 술병을 나에게 내밀었습니다. 그래서 술을 따르고 노래를 하고 하는 동안에 어언간 거의 자정 때나 되었나 보이다.

그때에 "너 이제는 내 술 한 잔 먹어라…" 하면서 술잔을 나에게 내어밀었습니다. 여러 번이나 사양하였으나 꼭 한 잔만 먹고 그만두라는 바람에 마지못해서 그 술을 마시었습니다.

그 술을 마신 뒤부터는 웬일인지 눈이 핑핑 돌고 머리가 딱딱

아파서 정신을 차릴 수가 없었습니다. 그래서 배기다 배기다 못하여 벽에 몸을 기대인 채 그만 정신을 잃고 말았습니다.

얼마 후에 눈을 떠보니까 뜻하지 않은 이부자리 속에 내가 누워 있지 않겠습니까? 정신을 가다듬어서 자세자세 보니까 옆에는 그 대머리가 쿨쿨 코를 골고 있지 않겠습니까?

냉정히 생각해보면 독한 술을 먹여놓고 자기의 욕심을 채운 것이 분명하였습니다. 한쪽으로는 그 대머리가 밉기도 하고 또 한쪽으로는 원통도 하여서, 저는 흑흑 느껴 울었습니다. 그래서 해가 높다랗게 뜰 때까지 울고 있으려니까, 그 대머리가 일어나더니 돈 이십 환을 집어주면서 이것을 가지고 가라고 합니다.

그때 나는 어린 소견에도 생명과도 바꾸지 않을 귀중한 정조를 마음껏 희롱하고 나서 결국 그 값으로 돈 이십 환을 준다는 생각을 하니까, 더욱 분한 생각이 치밀어 목소리조차 벌벌 떨리었습니다. 그래서 그 돈을 갖다가 그 대머리에게 이 더러운 돈, 도로 가져가라고 팽개치고는 쏜살같이 집으로 달려왔습니다.

2.1 풍속 엽서 속에 들어 있는 기생의 모습.

기생,
모두가 동정뿐

익명녀, 저를 직업 가진 계집이라고요? 그리고 감상을 물으세요? 얼마나 황송하고 부끄러운지 얼굴이 스스로 붉어질 뿐이외다.

될 수 있으면 발표를 마시고, 발표를 하시더라도 이름만은 꼭 숨겨주시기 바랍니다. 그것은 왜 그런가 하면 직업부인의 감상이나 경험을 소개한다면서 저 같은 천인의 말이 귀 잡지에 실려 있다면, 같이 이름을 싣게 된 여러분들이 얼마나 싫어하시며 혐의쩍게 생각하시겠습니까?

좋은 이름인지 나쁜 이름인지는 모르지만, 기생의 명산지인 평양이 저의 시골이랍니다. 세 살 먹어 아버지를 잃고, 외로운 홀어머니와 살림 같지 않은 살림을 그럭저럭 한 십 년을 계속하여 오다가, 그도 저도 할 수가 없어 저의 몸은 낳은 어머니의 손에서 다른 어머니의 손으로 팔려 건너오게 되었습니다.

그것이 잊히지 않는 것이, 가을바람이 소슬하던 구월 초승에 금수강산의 평양을 떠나 북악산 밑 한양성 한복판에 몸을 던지게 되던 그때입니다. 곳곳마다 물들려고 할 때 정거장 머리에서 눈물을 흘리며 저를 보내던 단 하나밖에 없는 우리 어머니, 열세 살의 어린 마음에도 그렇게 보기 좋지는 못하였습니다.

아! 어머니, 단 하나뿐인 저의 홀어머니는 지금 와서는 어머니라고 불러 볼 수도 없고, 만나뵙기는 물론 마음도 먹을 수 없게 되었습니다. 어찌 우리 어머니는 오직 저 하나인 이 외동딸을 남의 손에 건네주지 않으면 안되게 되었을까요?

아! 그것은 저도 모르겠습니다. 그렇지만 자기 자식을 남의 손에 넘겨줄 수밖에 없었던 저변에는 아마 깊고 깊은, 말하고 싶어도 말할 수 없는 사정이 있을 것이 아니겠습니까? 그것을 생각할 때 원망하여야 할 그 어머니가 얼마나 가긍하고 애처로운지 도리어 동정어린 눈물을 가끔씩 흘리게 될 뿐입니다.

남 같으면 보통학교를 마치고 고등보통학교를 간다고 날뛰어야 할 열세 살 먹은 저는 운명이라고 할지, 무엇이라고 할지 동기라는 이름 앞에, 낯모르는 손님 앞에 술잔을 들고 나앉게 되었습니다. 아마도 그때 돈으로 50원인가 얼마인가가 우리 어머니의 손에 들어갔다고 합니다. 그 후 그럭저럭 그 생활이 오늘까지 아마한 칠팔 년은 된 모양입니다. 생각하면 꿈, 꿈 중에서도 믿을 수 없는 그런 꿈이라는 생각이 듭니다.

징글징글한 그 생활도 이제 일 년만 지나면 기한이 차게 되는가 봅니다. 그러나 지금 제 몸을 받아들여줄 사람이 있다고 한들 또 어찌하겠습니까?

어머니! 나를 낳으시고 파신 어머니는, 그 어머니는 서로 떠난 뒤로는 만나지도 못하고, 삼 년 전 이때 감회 많은 봄철에 '보고 싶어, 보고 싶어' 하며 이 세상을 떠나갔다고 합니다. 물론 죽어 가는 그 얼굴도 보지 못하고 말았습니다.

만일 살아 있다고 한들 적수공권의 그 두 주먹에 무엇으로 저를 구제하여 다시 광명한 해와 달을 보게 할 능력이 있겠습니까? 천 원! 천 원이라는 돈이 있어야 제 몸을 대속할 수 있다고 합니다. 주인의 계산으로 그만한 부채가 있게 된 것입니다.

부자, 돈 많은 부자들은 가끔씩 저를 꾀이기도 합니다. 천 원이라는 그까짓 것이 무엇이 어려우냐고요. 감사한 말씀이 천 원으로 나를 구제해주겠다고 합니다.

얼마나 감사한 말입니까? 그러나 그들은 과연 무엇을 취함일까요? 얼굴입니다. 밉지 않다는 저의 얼굴, 그것밖에는 아무것도 아닌 것입니다.

얼마나 갈 것입니까? 싫으면 몰아낼 것은 명백한 사실이니, 몸과 얼굴 그것을 팔기는 마찬가지가 되고 말 것입니다.

그렇게 생활이 쓰라리냐는 말씀입니까? 저는 그렇습니다. 당연한 일입니다. 누가 이것이 좋아서, 즐겨서 하는 년이 어디에 있겠습니까? 나이가 제법 들어서도 거기에 단련이 된 이는 재미스러워하며 그만두려야 그만둘 수가 없다는 말도 들었습니다만, 아마 죽기보다 싫다는 생각을 가진 사람도 적지 않을 것으로 압니다.

아! 세상서 '싫어, 싫어' 하면서도 싫은 그 노릇을 아니할 수 없는 그 경우에 있는 모든 사람들, 참말로 우리는 동정 아니할 수 없습니다.

세상에서 저희들을 보고 악마라고, 기생충이라고, 좀벌레라고 한답니다. 그것도 당연한 말씀입니다. 사회의 도덕을 문란하게 하고, 청년의 풍기를 부패하게 한다고 말입니다. 사실 저희들로 인해서 불량 청년이 많이 생기고, 부자의 자질子姪들이 타락하는 것이 많음은 사실이겠습니다.

그러나 우리도 하고 싶어 하는 노릇은 아니며, 돈을 뺏어다가 우리 배도 채우지 못합니다. 그것이 다 어디로 들어가는지 모르지요.

우리가 사회에 해독을 끼친다고 한다면, 어떻게 하려고 해도 할 수 없는 우리 무리들을 구원하여 내고, 이 사회제도를 좀 고쳐주세요. 제 눈으로 볼 때에도 하도 어이가 없는 얼떨떨이 부랑자들이 많으니, 그들을 대할 때면 어떻게 가엾던지 동정심이 생기며, 이 사회가 조금 더 정당하게 나갈 수 없는가 하는 생각도 가끔씩 합니다.

자기에게 쾌락한 생활이요, 호화로운 생활이요, 남에게 사랑 받고 귀염 받는 생활이 아니냐고요? 너무 죄송하지만, 이런 몸이라고 너무 모욕하시는 것 같습니다. 날마다 밤마다 이 연석으로 저 요릿집으로, 자동차에 인력거에 편히 다니고, 술 마시고 노래 부르고, 남의 눈에 사랑 받고, 퍽이나 유쾌하고 호강스러울 것 같습니다.

그러나 마음에도, 뜻에도, 꿈에도, 생전에도 생각하지 않은 사람－싫거나 좋거나, 이 사람 저 사람의 돈과 이상야릇한 얼마의 물질 앞에 상품처럼 정조를 파는, 우리 마음에야 얼마나 아프고 쓰라림이 있겠습니까?

세상에서도 우리들을 너무 가혹하게 냉정히 보지 말고, 이런 곳에 동정을 보여주신다면, 소매 적시는 눈물에 한 곳이라도 마르는 곳이 있을 것입니다. 그러나 그것도 어리석은 생각이겠지요.

어떤 손님이 대개 많이 오시냐고요? 그거야 물으실 것이 있겠습니까? 돈 있는 분들이시겠지요. 그러나 그것도 요새 경제적 핍박이 매우 심해서 그런지, 바람 얇은 봄철이 되어도 가는 버들 창문 앞에 안장 지은 말이 드물다고, 주인 내외는 투덜투덜 군소리를 하는 때가 많습니다.

그 중에도 제일 불쌍하게 보이는 사람은, 손님으로 오시는 청년 중에도, 몇 년을 썼을지 잘 알 수 없는 모자를 비스듬하게 제껴쓰고, 덥수룩한 머리, 후줄근한 옷차림에 문안을 기웃이 들여다보고, 가장 감개무량한 표정으로 찾아오는 분들이랍니다.

까닭 없이 그들은 무엇을 호소하려는 듯, 애달파하는 듯, 무엇을 구하려는 듯하다가도, 아서라, 너에게는 소용이 없다는 듯한 태도를 많이 보여줍니다. 이것이 무엇을 말하는 것입니까? 아마도 의지 없고 고민이 많은 조선 청년의 일반 경향과 쓸쓸한 시대상을 말하는 것 같습니다.

그런 때에는 천한 몸이요 약한 힘이지만, 어떻게라도 하여서 그들의 가슴에 따뜻한 마음을 불어넣어주고, 그곳에서 좀 쾌활한 기력을 돋우어주어서, 우리 사회에 무슨 일꾼이 되게 하여주고 싶습니다.

2.2 기생학교에서 학생들이 춤을 배우고 있다.

언제까지나 이 노릇을 하겠냐고요? 아! 그런 말씀은 차라리 저희들을 위하여 묻지 않는 것이 좋을 것 같습니다. 공연히 우리의 마음만 더 산란하게 되니까 말입니다.

아무려나 세상 어른들에게 그네들 특수계급에도 남모를 눈물과 꽃다운 동정이 있더라고만 전해주시기를 바랍니다.

눈물겨운
나의 애화

이월향

저는 대구 읍내에서 서쪽으로 한 이십 리쯤 되는 조그만 농촌에서 살았습니다. 열두 살 먹던 해에 어떤 사람에게 꾀임을 받아 악마 굴혈로 끌려가게 되었습니다. 그 뒤의 고생이라는 것은 이루 말할 수 없습니다. 쉬지 않고 가는 것은 세월이라, 그럭저럭 하는 동안에 열다섯 살이 되었습니다.

그해 봄 어떤 날에 저는 깨끗한 몸을 하룻밤 사이에 더럽혀버렸습니다. 그때의 저의 떨리고 분한 생각은 이루 측량할 수가 없었습니다. 그때부터 저는 세상을 원망하며 기생 생활이라는 것은 참 못할 것인 줄 깨달았습니다.

그러나 벌써 때는 늦었습니다. 그 함정을 벗어나려도 벗어날 수 없는 경우가 되었으니, 그것은 양육비라는 것 때문입니다. 저는 아주 이것을 벗어나지 못할 줄 알고 조그만 가슴을 쥐어뜯고 항상 섧게 지냈습니다.

그때부터 저는 이 세상 남자를 원망하였습니다. 아주 악마로 인정하였습니다. 그것은 각각 자기네 욕망만 채우면 그만이고, 손톱만한 동정이 없는 줄 안 까닭입니다.

이 세상 여자는 모두 남자가 버리는 것입니다. 버린 여자에게 조금도 미안과 동정이 없고 오히려 냉소와 비평을 합니다.

열여섯 먹던 해에 수양부모의 무리한 요구로 하는 수 없이 마음에도 없는 살림을 몇 달 하다가 다시 대구의 부자 ○○○한테 옮겨갔습니다. 그때 그 사람은 나를 처음에는 사랑하는 체하더니 얼마 안되어 여지없이 박차버립디다. 그래서 나는 그때에 된서리를 맞았습니다. 그때 참말 번민과 고통을 맛보았지요.

그래서 살 수가 없기에 할 수 없이 원수의 수양부모 집으로 왔더니, 수양부모는 모두 내가 잘못하여 그랬다고 무서운 매를 많이 때렸습니다. 그 까닭에 저는 전신에 피를 흘리게 되었으니, 그 아프고 쓰라린 것이 어떠하였겠습니까?

하늘을 우러러 통곡도 하였으나 도무지 시원한 것은 없었습니다. 그래서 이러한 고생을 하며 더 살아서 무엇을 하겠느냐고 한번 죽기를 결심하였습니다.

깊은 밤 고요한 틈을 타서 가만히 그 집을 뛰쳐나왔으나 갈 곳이 어디겠습니까? 때는 구월 보름날이라 중천에 높이 뜬 밝은 달은 정처 없이 나선 이 어린 나그네의 마음을 산란케 하며, 산듯산듯한 찬 기운은 전신을 싸늘하게 합디다.

산 밑으로 고개를 돌고 논두렁으로 이리저리 헤매는 나는 조금도 무서운 마음이 없었습니다. 다만 눈물만 쉼 없이 나더이다. 얼마를 갔는지, 또 어디로 갔는지 정신을 차리지 못하겠습디다.

나의 앞길을 꽉 막은 것은 푸른 강이었습니다. 나는 그만 정신이 아득하여 푹 주저앉았습니다. 내가 이 길을 나선 것이 아주 영원의 길을 가려고 한 것이지만, 나에게 이 영원의 길을 인도할 푸른 강물을 대하니 참말로 기가 막힙디다.

나는 이제 죽는다! 죽는 것이 무엇인지, 죽으면 어떤지, 죽은 뒤는 어떻게 되는지 아무 것도 모르는 터이지만, 그만 죽는다 하고 생각하니 공연히 무서운 생각이 납디다. 그래서 지금 생각하면 어찌 울었는지 모르나 하여간 통곡을 하였습니다.

흘러가는 푸른 물결은 나를 보고 반기는 듯이, 어서 들어오라고 재촉하는 듯이, 굽이쳐 가며 흐릅디다. 저는 이것을 보고 아, 세상도 무정하더니 너까지도 나에게는 무정하구나 하는 생각이 나며 가슴이 쓰리고 아픕디다.

나는 별안간 벌떡 일어났습니다. 아무 생각도 없이 다짜고짜 물 속으로 뛰어들어갔습니다.

물론 나는 아주 이 세상을 떠나고자 한 것인데, 행인지 불행인지 어떤 사람의 구원을 받았습니다. 그 사람의 말을 들으니까 마침 새벽이 되어 벼나락을 보러 들로 나가는 길에 강 언덕을 지나노라니까, 어떤 시체가 물가에 떠서 빙빙 돌더랍니다. 그래서 빨리가 건져서 거꾸로 들고 먹은 물을 뱉게 한 뒤에, 가만히 만져보니까 물에 빠진 지 오래된 사람이 아닌 듯하여, 들쳐서 메고 자기 집으로 와서 더운 방에다 뉘고 주물렀더랍니다. 그랬더니 몸이 차차 더워오고 숨이 차차 돌더니, 한참 후에 몸을 흔들더랍니다.

나는 눈을 떠보니 방에 누워 있었습니다. 어렴풋이 물에 빠지던 생각이 나며 하도 이상하여 물어보았습니다. 그랬더니 그 동리는 '나물'이라고 합디다. 그러면서 누군지는 모르나 꽃같이 젊은 처지에 무슨 일로 물에 가 빠졌느냐고 묻습디다.

나는 아무 대답 못하고 휘휘 둘러보니까 조그만 농부의 집입디다. 방안에는 사람이 여섯이 모여서 모두 나만 보고 있어요. 옷을 보니까 내가 입었던 옷은 아니고 주인마누라의 옷인 듯한 것을 입고 있었어요. 나는 갱신을 할 기운이 도무지 나지를 아니하여서 눈을 감았다 떴다 하고 반듯이 드러누워 있었습니다.

겨우 저녁때에야 거동할 기운이 나서 일어났습니다. 그래서 내 옷을 받아 갈아입고 그 집을 떠나려 하였더니, 그 집에서 아예 보내지를 아니하여요. 할 수 없이 목적을 고치고 그 집에서 얻어먹고 있었습니다.

그동안 저의 수양모 집에서는 나를 찾느라고 야단법석이 났던가 봐요. 그래서 이리저리 나의 행방을 수색하고, 또는 나의 본집에 가서 여간 야료를 하지 않은 모양이야요.

꾸준히 찾아다닌 결과로 기어코 내가 여기 있는 것을 탐지하고 찾아왔겠지요. 와서는 너무도 의외라고 붙들고 울겠지요. 나는 울기는커녕 먼저 대할 때에 가슴이 선득 내려앉고, 무슨 저승의 사자가 달려드는 것 같았어요.

그러나 지금 와서는 어쩔 수가 없었습니다. 그 사람이 하자는 대로 하지 아니할 수가 없었습니다. 그래서 그 이튿날 수양모를 따라 지긋지긋한 호랑이 굴로 또 갔습니다.

그 뒤는 사법 감금을 당하다시피 일거일동을 마음대로 못하게 합디다. 그래서 그 전보다 더 많은 고통 중에 세월을 보내게 되었습니다.

이러구러 몇 해가 지나고 열아홉 살 먹던 해 유월에 대구를 떠나 서울로 왔습니다. 기구한 운명에 얽힌 내가 어디를 간들 시원하겠습니까. 갈수록 태산이요, 건널수록 물입디다. 흐르는 것은 눈물이요, 나오는 것은 한숨이었습니다. 모진 목숨을 끊어버리려고도 하여보았으나, 그것도 마음대로 되지를 아니하겠지요.

아! 기생! 듣기에도 진저리나는 기생, 무슨 죄가 있어 사람으로 사람에게 학대와 모욕을 당하는 사람이 되었을까요. 동정이 없고 의리가 없는 이 세상에서는 약자를 위하여 분투하는 사람은 없고, 강한 자를 위하여 추세하고 복종하는 사람들뿐이라, 기생이라는 것이 듣기에도 욕지기가 나고 약한 우리를 동정하여줄 사람이 없겠지요.

저는 오늘날까지 여러 번 살림도 하여보고, 도로 나와 기생 노릇도 하여 지금도 기생 생활을 하는 중인데, 그동안 살림을 하고 그만두는데 기막힌 역사가 많지요. 그것은 장황하여 이루 다 쓸 수가 없으나, 하여간 기생 생활은 못할 것입니다.

기생도 사람입니다. 기생의 가슴에도 뜨거운 정이 있습니다. 평생을 애인이 없이 고독한 생활을 하여야 하는 것입니까. 평생을 학대와 유린 중에 시들어버려야 하겠습니까.

아! 남성들이시여, 노래 팔고, 웃음 팔고, 고기 파는 기생이라고 너무 괄시를 하지 마십시오.

한 늙은 기생의
자백

풍상고락風霜苦樂 40년 기생 노릇도 어려운 것이오. 사나이의 등골을 뽑는 것으로 제일가는 명기라 할 수 있나.

재능 없는 내가 기생이오. 요새 기생 노릇 아주 쉽지요. 노시는 손님도 모자라지만, 부모들도 애지중지하여 여간 잘못하는 일에도 나무라지 아니하고, 잘잘못을 물론하고 사랑하는 말뿐이라.

저는 그러하므로 마음이 점점 방자하여 여간 사람은 눈꼬리에도 보이지 않고, 교만하고 당돌하여, 부지중 십여 세에 다다르매 얼굴은 피어오르는 꽃송이 같고, 태도는 가는 바람 앞에 늘어진 버들가지 같아서, 사방에서 청혼이 들어오는 수효를 말하면 셀 수 없지요만, 부모도 배격하였고, 저도 그때의 마음에는 시골 무지렁이에게 시집가서 먼지를 뒤집어쓰고 팔다리를 놀리어 농사하기 싫은 생각으로, 차라리 기생 노릇이나 하여 세상을 풍류 중에서 지내다가 좋은 연분이 있으면 왕후장상의 소실이라도 되어, 남이 쳐다보고 부러워할 만한 사람이 되면, 이와 같은 시골구석에서 빈한한 농군의 정실 되느니보다 나을 줄로 소견이 들었습니다.

아! 지금 생각하면 벌써 그때에 제 운수는 제 손으로 만들어놓았습니다. 어찌하여 생각이 그렇게 그릇 들었던지요. 열한 살부터 기생으로 입참하여 가무와 음률을 연습하는데, 우리 부모도 역시 제 말에 동의하여 기생이 되었습니다.

제가 기생 노릇을 할 때는 벌써 예전 일이올시다. 그때의 기생이라 하는 것은 정말 처신하기가 어렵지요. 손님에게 대하여 수작하는 데도 보는 것이 많고, 오입쟁이라든지 난봉패라든지 여러 가지로 뒤를 보아가면서 수작을 하려면, 과연 등골에서 낙수 같은 식은땀이 줄줄이 흐르지요. 그렇게 조심을 하면서도 간혹 오입쟁이, 아니 기생 서방들에게 죽도록 매를 맞는 일이 적지 아니하지요.

그러하건마는 요사이 기생들은 이름만 조합에 걸어놓으면 벌써 기생이라고, 각 요릿집으로 다니면서 인사하여 두고 아무쪼록 자주 불러달라고 청을 하여 두지요. 그러한 기생이 무슨 가무가 있으며, 손을 대접할 줄인들 어찌 알겠습니까?

얼굴이 희끄름하고 모양이나 과히 흉치 아니하면, 그래도 부르는 사람이 있어서 이리 간다, 저리 간다 하고 벌어먹지요. 지금은 기생만 그러할 뿐 아니라, 기생을 불러 노는 사람도 또한 같은 축이지요.

가무는 둘째이고, 먼저 보는 것은 얼굴이지요. 물론 기생이면 얼굴도 추하여서는 못 쓰는 법이지만, 기생을 얼굴만 취하려면

2.3 기생들이 만든 잡지 〈장한〉.
창간호 표지는 새장 속에 갇힌 기생의 모습을 형상화하고 있다.

기생이라는 이름은 지어 무엇합니까? 은군자나 색주가만 데리고 놀아도 그만 족할 것이지요.

예전 기생이라 하면, 첫째는 가무를 보고, 둘째는 사람을 보는 것이요, 셋째는 얼굴을 보는 것인데, 지금 와서는 아주 정반대가 되었지요. 제가 기생 노릇할 때에는 손님 앞에 나아가서, 어찌 임의로 손가락 하나를 함부로 놀리겠습니까?

정말로 망측한 것은 요사이 기생이올시다. 가무를 할 줄 모르면서 짓거리로 반벌충을 하지요.

노는 손님네가 그것을 잘 받아주니까 그렇지만, 속속들이 비단옷에 금시계 줄이나 한옆으로 떨어뜨리고 철 갖추어 패물이나 몸에 지니고, 사람 만나 변이나 잘 쓰고, 돈 많은 사람의 간장이나 살살 녹여서 보자기나 씌우고, 돌아서면 욕하고, 얼굴 대하면 해해 웃고, 없는 정도 있는 듯이 능청을 부리다가, 돈 없는 모양을 보면 언제 보던 행로인이냐 하고, 보아도 못 본 체하는 것이 제일 명기라 하니, 요사이 기생 노릇같이 하기 쉬우리까?

이 글의 원제목은 〈일 노기의 자백〉이다.

울음이라도 맘껏
울어보자

매헌

거칠고 험악한 세상에서 잔인한 발길에 여지없이 짓밟히는 가련한 동무들아, 아픈 가슴을 움켜잡고 세상을 얼마나 저주하면서 남다른 운명을 탄식하였는가.

자기의 죄도 아닌 세상의 악풍惡風으로 인연하여 아까운 청춘을 거짓 웃음 속에 보내고 말로를 눈물로 맺는 우리의 애달픈 신세, 옛날부터 오늘까지 앞으로도 끝날까지 그 얼마나 많을 것인가. 온갖 설움, 갖은 천대는 우리의 세간이며 고통과 번민은 우리의 역사가 아닌가. 아! 참담한 생활, 뼈에 사무치는 한을 어느 곳에 호소하랴.

오로지 우리는 우리뿐이로다. 세상의 모든 것은 우리에게서 떠나고 말았다. 오직 조롱만이 남았을 뿐이로다. 홍안이 이울도록 피가 마를 때까지 이리저리 헤매다가 알지도 못할 곳에서 참혹한 죽음을 맞을 것이다.

보라, 우리의 선배들은 짧은 일생을 빛 없는 눈물로 천추에 원한을 머금고 다시 못 올 길을 스스로 취한 자 그 얼마나 되는가. 세상은 우리에게 기생이라는 이름을 주어 이 생감옥에 종신징역을 시킨다. 앞으로도 뒤로도 한 걸음에 자유를 얻지 못하며, 소리 없는 눈물을 뿌릴 뿐이로다. 아! 우리는 어찌하면 울음이나마 마음껏 설움껏 목 놓아 울 수 있을까.

같은 운명에 처한 우리 동무들아, 날카로운 세상인심이 약한 심장을 얼마나 찌르던가. 굽이굽이 맺힌 설움은 하늘에도 땅에도 미칠 곳이 없구나. 오직 실망과 타락이 우리를 휩싸고 돌 뿐이로다.

불행한 인생들아, 고달픈 동무들아, 우리나 서로서로 동정하자. 그리하여 피차 위로하고 같이 울자.

천지에 이리저리 방황하며 부르짖는 우리 동무들아, 서러운 중 얼마나 외로웠는가. 같은 처지에 있으면서도 우리의 통신기관이 없으므로 다만 추측으로 서어한 동정뿐이었다.

어떠한 환란을 당하든지 시들고 죽기까지 알 길이 없으므로, 같이 흘릴 만한 눈물이 있으나 부릴 기회를 얻지 못하였다. 이를 깊이 느낀 몇몇 동무가 쓰라린 생활에 조금이나마 위로가 될까 하고, 먼저 우리의 통신기관을 만들어서 안타까운 설움을 널리 호소하고 서로서로 애증 간에 저버림이 없도록 하자는 취지로 《장한》이라는 잡지를 발간하게 되었다.

《장한》이 세상에 나오기까지에도 또한 눈물겨운 역사가 많다. 어떤 방면으로는 찬성도 있으나, 또 어떤 한편으로는 세상의 꾸지람도 적지 않았다.

건방진 년들, 국으로 웃음이나 팔 것이지, 잡지는 무엇이며 하소연은 무엇이야 하는 이도 있고, 또는 저희들이 무엇을 안다고, 어떤 것을 쓸 것인가 알아야지 하는 동정처럼 빈정대는 말도 들었다.

오! 그렇게 웃음 파는 것도 사실이며, 배우지 못한 것도 사실이다. 웃음 팔기에는 부족하지 않을지언정, 정을 둔 남자에게 보내는 편지에는 잠깐 능함이 있을지언정, 우리를 세상에 알릴 만한 학식이 없다. 우리 속을 그대로 그려낼 만한 말을 모른다.

다만 약한 손에 서툰 붓대를 잡고 그네들에게 끼쳐주신 눈물! 방울방울 떨어지는 그대로 한 획 두 획 그을 뿐이로다. 아무리 우리의 세상이 아닌 남의 세상이기로, 설움 있는 자의 눈물조차 못 흘릴 게 무엇이랴?

울어보자. 눈물이 마르기까지, 《장한》에 에누다리하여가며 불쌍한 우리 동무들아! 다 같이 마음껏 울어보자!

사랑하는
동무여

김녹주

찬바람 불어오고 흰 눈발 흩날리는 이 엄동에 어찌 지내는가. 바람이 불 때마다 눈발이 날릴 때마다 동무의 생각은 한층 더 간절할 뿐이다.

나의 생각이 이처럼 간절할 때, 동무의 마음도 응당 내 생각이 간절할 것이다. 동무의 생각이 어느 때인들 간절치 않으랴만, 나에게 무슨 느낌이 있을 때는 별달리 간절한 것이 어찌 생각하면 욕심쟁이 같기도 하다. 하지만 신이 아닌 우리에게는 없지 못할 것임을 잘 이해하여라.

사랑하는 동무여!

우리의 이름은 듣기에도 지긋지긋한 기생이라고 한다. 기생이 강도가 아니요 살인귀가 아닌데도, 기생이라면 이 세상 사람은 입은 실룩거리고 손을 내저으면서 상관 못할 악마라고 한다. 여기에 나는 기생 된 것이 몸서리가 쳐지고 이가 북북 갈리도록 원통하고 분하다.

'약한 자여, 네 이름은 여자라'고 하더니, '불쌍한 자여, 네 이름은 기생이다' 하고 싶다.

사랑하는 동무여!

이런 욕, 저런 욕, 당할 욕, 안 당할 욕을 들을 때에는 분하고 원통하다가도, 다시 한 번 돌려 생각하면, 이 세상에는 악마 아닌 자가 없더라. 우리를 악마라고 하는 자는 우리보다 몇 배 더 악마더라.

내용이야 하여간 우리는 남의 돈 먹으려고 패차고 나온 터이니, 욕을 하거나 칭찬을 하거나 상관이 없다마는, 말이야 바로하자. 종교가니, 교육가니, 사상가니, 주의자니 하는 세상을 위하여 일한다고 훌륭한 간판을 둘러멘 사람들은 우리보다 열 배나 백 배나 더 악착하고 잔인한 짓을 얼마든지 하더라. 그야말로 거죽은 보살 같고, 마음은 야차 같더라.

사랑하는 동무여!

이런 소리를 모두 쓰자면 십 년도 부족, 백 년도 부족이다. 쓰지를 못다 할 뿐 아니라, 속 모르는 사람들은 남의 욕으로 알 것이다. 또는 되지 못한 년, 건방진 년, 제가 무슨 큰 인물인 줄 국으로 엎드려 있지 않고 매를 달라고 청하는구나 하여, 욕이나 한마디 더 얻어먹는 외에 소득이 없을 것이다.

그러고 보니 기생이란 바른말도 못하고 설운 사정도 하소연할 수 없는 인생이 아닌가. 생각할수록 가슴만 답답할 뿐이다. 개천을 나무라서 무엇 하랴. 눈먼 탓이나 할밖에 없다.

사랑하는 동무여!

'입은 비뚤어도 말은 바로 하라'는 옛말도 지금 와서는 해석이
다른가 보더라. 바른말만 하는 사람을 내가 알기에도 몇 사람 된
다마는, 그네들이 마음 편하게 요사이같이 추운 때에 떨지 않고
사는 이를 나는 아직 못 보았다.

엉터리도 없이 이치에 닿지 않는 거짓말을 그럴 듯하게 얼렁얼
렁하는 사람은 열이면 아홉은 잘살고 지내더라. 세상이 말세라
그러한지 그 까닭은 알 수 없으나, 어떻든 이상야릇한 일이더라.

사랑하는 동무여!

성공하려면 거짓말을 구 할 구 푼은 하여야 되는 이 세상에
서, 서서 뒤보도록 정직한 사람이야 살려야 살 수도 없으려니와,
살려고 하는 것이 잘못이랄 밖에 없다. 글을 배우지 못하였다
만, 거짓말이나 하고 아첨이나 하고 하는 것이 몹쓸 것인 줄은
나도 알고, 예전부터 사람으로는 하지 못할 것이라고 하는 터인
데, 그것을 하면서도 부끄러운 줄을 모르는 것들이야 오죽이나
불쌍하냐.

나는 그들이 몹시도 밉더니 지금 와서는 오히려 가련한 생각이
난다. 그러나 한편으로 그 가련한 것들은 어깻짓을 하며 내로라
하고 떠들고 다니는데, 어찌 이처럼 성명이 없이 지내는고 하고 생
각할 때에 여기 한 가지 의심이 없지 않더라.

사랑하는 동무여!

못난 사람을 보고도 잘났다고 칭찬하고, 악한 일도 선하다고

추어주며, 없는 정도 있는 듯이, 미워하면서도 고와하는 것처럼, 거짓과 아첨으로 사는 이 세상을 우리는 정직하게만 살려고 하니, 우리가 성공은 고사하고 실패에 실패를 거듭하는 것이 정한 이치 아니냐.

그러나 거짓과 아첨으로 소위 성공하였다는 것이 그 얼마나 값이 있으며, 그 얼마나 빛이 있으랴. 마음이 편하기는 실패한 우리만 못할 것이다. 저희도 사람인 이상 양심이 있다 하면, 적지 않은 고통일 것이다.

사랑하는 동무여!

이따위 말을 하면 무슨 소용이 있으랴. 소용없는 줄은 나도 열 번이나 잘 안다만, 평소에 속에 있던 말이라 붓을 들면 저절로 나오는구나.

'사람이 살려고 먹느냐, 먹으려고 사느냐' 하는 문제는 우리가 많이 듣는 바인데, 먹고 사는 것은 그만두고, 나는 '사람이 돈을 쓰느냐, 돈에게 쓰이느냐' 하는 문제를 생각해보았다. 그런데 요사이 사람들은 돈에게 쓰이더라.

사랑하는 동무여!

사람이 자기네가 일상생활하는 데 편리하자고 돈을 만든 것인데, 자기네가 만들어놓은 돈에게 오히려 쓰임당하면 그 얼마나 수치냐. 사람의 값이 이렇게 몹시 떨어지다가는 장차 어디까지 떨어질지 모르겠다. 떨어지기만 할 것이 아니라 나중에는 돈이 사람을 만들 것이다. 나중이 아니라 지금 당장에 돈이 사람을 만드는 터이다.

　사랑하는 동무여!

　다시없이 잘난 사람도 돈이 없으면 못나게 되고, 세상에 못생긴
사람도 돈만 있으면 잘나게 되며, 도척이도 성인을 만들고 공자님
도 악인으로 만드는 것이 돈이다. 돈으로 하여 좋은 친구도 절교
를 하게 되고, 돈으로 인하여 사귀지 않을 친구를 사귀게도 된다.
정말이지 돈이 말하는 세상이다.

　그러고 보니 돈이 사람을 만드는 것 아니냐. 돈의 힘이 이렇게
굉장하니 돈을 보고 절 아니하고, 돈에게 사로잡혀 돈의 노예가
아니될 사람이 얼마나 되겠느냐. 이런 말을 하는 나도 이후 어느
날, 어느 곳에서 돈에게 항복할지 모른다.

　사랑하는 동무여!

　우리가 이렇게 말하면 돈을 모르는 사람 같기도 하다만, 나라
고 돈이야 모르랴. 알기야 잘 알지만, 아직까지는 돈에게 부림당
하는 사람은 되고 싶지도 않고, 되지도 않을 것이다.

　돈이 말하는 세상에서 돈이 없이는 생명을 계속할 수 없으니,
돈의 필요야 물론 안다. 그러므로 생명을 계속하기에 필요할 만한
돈만 있으면 그만이다. 그러나 애달프사 그 필요한 정도의 돈이
앞으로만 지나다니면서 나에게는 들어오지 않는다.

　사랑하는 동무여!

　돈 이야기를 길게 하면 사람의 인격이 떨어지니, 더는 쓰지 않
을 터이다. 하지만 요사이 꺼떡대고 내로라하고 돌아다니는 사람

의 속을 들여다보면, 저의 생활에 필요한 돈도 없어 쩔쩔매면서 우리네 앞에 와서는 돈이 썩어 걱정이 되는 듯싶게 큰소리하며 희떱게 날뛰는 꼴이야 우습다 못해 불쌍해 보이더라.

그런 사람들은 돈으로 우리의 마음을 끌어볼까 하는 백지장처럼 얇은 수작을 하더라. 아! 불쌍하기 짝이 없는 사람이다. 적어도 만물의 영장이라는 사람의 마음을 돈으로 끌고자 하니 그런 어리석은 일이 어디 있겠느냐.

사랑하는 동무여!

사랑을 돈으로 끌 수 있는 것이냐. 돈에 끌려 다니는 사랑이 과연 참된 사랑이겠느냐. 사랑의 참뜻이란 돈에 있지 않은 줄을 그들이 어찌하여 모르는지 정말이지 답답하더라.

사람이 못나면 돈 보고 산다는 속담도 있지마는, 나의 생각에는 그런 것도 아니더라. 돈 아니라 금이 있기로 이해가 없어야 어찌 서로 사랑하랴. 그러고 보면 돈의 힘을 빌거나 직업적 권리의 힘으로 끌고자 하는 것처럼 어리석고 못생긴 일이 또 어디에 있겠느냐.

사랑하는 동무여!

할말이 어찌 이것뿐이며, 아니꼽고 창피하고 애달픈 일이 어찌 이뿐이랴만, 쓰려고 해도 쓸 수가 없고, 또 써서 무슨 필요가 있으랴. 하도 갑갑하기에 안부나 묻자고 한 것이 귀동대동 그려졌다.

귀찮다 하지 말고 읽어나 주면 다시없이 감사하겠다. 원체 많이 지껄이면 가다 오다 한마디 그럴 듯한 말이 있을지도 모르나, 단물에 겸하여 길고 보니, 내가 쓰고도 무슨 소리인지 알 수 없는 데가 없지 않구나.

눌러 짐작하고 나의 참뜻이 있는 곳을 살펴다오. 끝으로 동무의 많은 복을 빌며 뒤편에 다시 쓸까 한다.

2.4 명월관 정원에 모인 기생들.

초로 같은
인생

전산옥

    풀끝에 이슬 같은 우리 인생. 그 중에서도 화류계의 몸이 되어 이 세상을 살아가자니 애달프고 원통하도다.

    전생의 무슨 죄로 이 세상에 여자의 몸이 되어, 일부종사를 못하고 이십 세에 기생 몸이 되어서, 안 나오는 웃음과 안 나오는 목청을 따라 부모와 동기를 살리려고 밤은 낮으로 낮은 밤으로 삼아 북풍한설을 무릅쓰고 천방지축으로 세월을 보내자니, 나오는 이 원망이요, 나오는 이 탄식이로다.

    아! 사람은 다 일반이거늘, 어느 사람은 팔자 좋아 단란한 가정에 아들 낳고 딸 낳아 가며 한 남편을 섬기며, 어떤 사람은 화류계에 매인 몸이 되어 남의 천대와 조소와 멸시를 받아가면서 굴종의 생활을 하지 않으면 아니되게 되는가?

    아! 우리같이 불쌍하고 측은한 인생이 이 세상에 또 어디 있을까 보냐? 그러나 생각해보면, 일생을 행복하게 지내는 팔자 좋은 사람이나 일생을 불행히 지내는 팔자 나쁜 사람이나, 도시 지내놓고 보면 일장춘몽과 같지 아니한가?

우리의 처지가 고독하고 우리의 지위가 처참하다고 다만 한숨만 지우고 탄식만 할 것은 아니다. 암흑 속에서 광명을 찾고 불행한 속에서 행복을 찾아 꾸준히 노력할 것을 잊어서는 아니되겠다.

세상은 돌고 도는 것이다. 행복한 사람도 불행한 사람이 될 수도 있고, 또 불행한 사람도 행복한 사람이 될 수가 있는 것이니, 사람답게 살려는, 진실히 살려는 마음만 굳게 먹고 끊임없이 노력한다면, 어느 때인가 새로 따뜻한 봄이 다시 우리에게 올지도 모르는 것이다. 도시 초로 같은 인생, 무엇을 근심하고 무엇을 탄식하랴!

동무들아! 힘있게 살아보자! 즐겁게 살아보자!

생각하면 생각할수록 근심뿐이요, 눈물뿐이나, 초로草露 같은 인생에 그리 근심을 한들 무엇이 그리 시원스러우랴! 다만 참된 사람이 되어서 초로 같은 이 인생을 즐겁게 살아보자! 기쁘게 살아보자!

기생과 희생

계산월

기생과 희생같이 밀접한 관계가 있는 것은 이 세상에 또 없을 줄 안다. 생각해보라! 무엇보다도 귀중한 저의 몸을 희생하여서 남을 살린다든지 남을 구한다는 것은 얼마나 거룩한 일인가를!

기생은 천한 것, 사회에 해독을 끼치는 것이라 하여 비소와 냉대로써 대하지만, 그러나 기생처럼 그것이 옳고 그른 것은 별문제로 하고, 희생의 정신이 풍부한 것은 세상에 또 없을 줄 안다.

서울 장안에 기생이 백 명 있다 하자. 그 백 명 중에 자기의 마음이 올곧지 못하여 기생이 된 사람이 그 몇이나 될 것인가.

모두 운명이다 하겠지만, 그 중에 대다수는 혹은 그의 늙은 어버이를 위하여, 혹은 나어린 그의 동기를 위하여 화류계에 몸을 던져 가을바람에 시달리는 나뭇잎과 같이 아침의 꽃과 저녁의 달을 한과 눈물로써 맞이하게 되니, 그 한숨 그 눈물 속에는 실로 천금으로도 바꿀 수 없는 귀중한 희생의 정신이 잠겨 있는 것이다.

그 중에 어떤 이의 말을 들으면 장래 양가의 부녀자가 되고 사회의 일꾼이 되려고 형설의 공을 쌓았으나, 그러나 원수의 금전으로 말미암아 중도에 학업을 폐지하게 되고 따라서 일가의 희생이 되어서 화류계에 몸을 던졌다 하며, 또 그 중에 어떤 이의 말을 들으면 병든 늙은 어버이의 고생살이와 나어린 동기들의 주림을 구하기 위하여 유두분면油頭粉面의 기생이 되었다 하니, 들을 제 적이 뜻이 있는 사람이라 하면 뉘라서 한 줄기의 뜨거운 동정의 염과 감격의 눈물을 뿌리지 않으랴.

여러 가지 점으로 남자는 강한 것, 여자는 약한 것이다. 그러므로 서양의 어떤 문호는 '약한 자야, 너의 이름은 여자이다'라고 하지 않았는가. 그런데 지금의 우리 사회를 통찰해보면 육척 장부의 당당한 남자로서 벌이를 하여서 그의 집을 유지해나가기는커녕, 오히려 조상이 남겨준 누만의 재산을 탕진해버리는 사람이 얼마나 많을 것인가.

이것으로 미루어보면 비록 약한 것, 비록 천한 것일망정, 기생은 어느 계급의 사람에 비해 훌륭한 효녀요, 위대한 여장부라 하여도 그리 과언은 아닐 것이다.

그러나 여기에 한 가지 주의할 일이 있다. 그것은 희생의 정도 문제이니, 자기의 몸을 희생해서 부모나 형제나 친구를 구한다는 것도 어느 정도까지 자기의 몸을 살리고 자기의 행복을 차린 뒤의 일이지, 전혀 자기를 죽이고 전혀 자기의 행복을 돌아보지 않고 남만 위해서 산다는 것은 진정한 의미의 희생이라 할 수 없고,

따라서 자기를 망각한 자라고 하지 아니치 못할 것이다.

그러나 기생 중에는 희생이라는 미명에 취하여서 자기 자신의 개성까지도, 자기 자신의 행복까지도 잊어버리는 수가 적지 않게 있다. 그러나 그것은 도저히 옳다 할 수는 없는 것이니, 자기 몸을 희생하여서 부모나 형제를 살리는 것도 좋은 일이지만, 그 반면에 어느 정도까지 자기 자신의 개성을 존중하고 행복의 존재를 망각하여서는 아니될 것이다.

내 일찍 이러한 말을 들은 적이 있다. 갑이라는 어떤 기생이 있었는데, 그에게는 을이라는 그의 사랑하는 애인이 있었다. 그런데 흔히 세상에 있듯이, 을이라는 그의 애인은 한 달에 기십 원의 월급을 타서 근근이 살아가는 가난한 사람이었다.

갑이라는 기생은 그 을이라는 사람을 누구보다도 가장 사랑하였고, 을이라는 사람도 또한 그러하였다. 그러나 문제는 돈에 있었다.

갑이 을과 같이 단란한 가정을 꾸며가자면 돈이 필요하였다. 그러나 그것은 사랑하는 사람을 위해서는 서로 밥을 굶어도 좋겠다는 사이니까 문제가 없다 하겠으나, 제일 걱정되는 것은 실로 기생 갑의 가족이었다.

갑에게는 그의 부모와 철모르는 동기를 합하여 십여 명의 큰 식구가 있었다. 그러니까 갑이 만일 살림을 들어간다 하면, 당연히 그의 남편이 갑의 식구를 기를 의무가 있는 것이다. 그러나 그에게는 박봉에 그러한 여유가 없었다.

2.5 평양기생학교 학생들이 그림 수업에 열중하고 있다.

이에 비극은 일어났다. 사랑과 돈, 이 두 가지 중에 방황하던 갑의 마음속에서는 사랑을 위하여 가족을 버릴까, 가족을 위하여 사랑을 버릴까 하는 두 가지 마음이 서로 싸우게 되었다. 그러나 결국에는 부모를 위하여 희생을 하여야 한다는 마음이 생겨서, 갑은 어쩔 수 없이 그의 품에서 떠나가고 말았다.

그 후 불과 수년에 갑은 세상의 모진 바람에 시달리고 부대낀 것이 병이 되어서 실낱 같은 목숨이 수척한 몸뚱아리에 겨우 붙어 있을 뿐이다. 몸은 작고, 수척하고, 신병은 나날이 침중하여져서 오늘 죽을지 내일 죽을지를 몰랐다.

몸이 성한 때에는 그래도 잊을 수가 있었지만, 몸에 병이 무거워지고 주위가 쓸쓸하여져 고독을 느끼게 되니까, 생각나는 것은 자연 지나간 날에 사랑한 을이었다. 아침이나 저녁이나 잠꼬대같이 을의 이름을 부르지만, 한번 가버린 을이 어디를 올 수가 있으랴!

이리하여서 한 많은 슬픔을 껴안고 갑은 쓸쓸하게도 외로이 세상을 떠나가고 말았다 한다.

희생은 인생 생활에 가장 아름다운 것이다. 그러나 잘못하면 아름다운 희생이 오히려 불미한 것이 되기 쉬운 것이니, 남의 희생이 되기 전에 먼저 자기 자신의 처지와 행복을 회고하여 신중히 또한 냉정히 생각한 연후에 결정하는 것이 좋을 것이다.

기생으로 본 10년
조선

김화중선

열세 살에 기생이 되어 가지고 지금 스물다섯 살이니까 아마 열두세 해째 되나 봅니다. 중간에 살림을 들어가서 한 삼 년 살림을 하다가 다시 나온 지는 한 칠 년 되고요.

왜 다시 기생을 나왔느냐고요? 그것은 사정이 있어서 그러한 것이고, 살아가는 재미 편으로야 들어앉았던 때가 물론 낫지요.

기생의 풍도風道를 말하더라도, 십 년 전이면 어디 판소리니 무엇이니 하고 장구를 들메고 날뛰고 합니까. 그것 때문에 다동조합하고는 한동안 갈등까지 생겼습니다. 다동조합에는 평양 기생이 많고, 따라서 그때부터도 서도 기생들은 광대의 한 몫을 보았으니까요.

그러던 것이 지금은 차차 기생한테 소리를 시킬 줄 아는 이가 별로 없고, 기생들도 양식洋式 기생이라든가 하는 창가 부르는 기생이 많아서, 우리 같은 구식이요 늙은 것은 세월이 도무지 없습니다.

시간대는 전에 첫 시간에 일 원씩 하고 다음 시간부터 구십 전씩 하던 것이 요새 와서 첫 시간 일 원 구십오 전, 다음 시간부터 일 원 삼십 전씩으로 올랐습니다. 그러나 오르건 내리건 2할 5푼씩이나 남에게 뺏기니까, 기생이 먹는 것은 몇 푼 되지 아니합니다.

내가 만일 손님이라면
차별 없이 하겠다

홍도

내가 만일 손이 된다면 우리들에게 여러분이 하시는 행동과 같이는 하지 않겠습니다.

우리 기생들은 여러 손님의 요구에 응하여 노래와 춤과 율로써 위안을 드리는 특별 직업을 하는 터이라, 거기에 대하여 절대복종이라는 책임이 있습니다.

직업치고야 어떤 것이 뱃속 편하고 쉬운 것이 있겠습니까만, 기생의 삶이라는 것은 참으로 쓰라린 생애올시다. 이 쓰라린 생애를 단지 먹고 살 계책으로 어쩔 수 없이 하는 처지라, 이 점을 잘 이해하시는 손님은 동정의 눈물을 주십니다만, 그렇지 못하신 분은 너무나 몰라해하시는 편이 있습니다.

내가 만일 손이 된다면 이 학대 받는 기생계급을 특별히 동정하겠습니다. 나 자신이 기생인 고로 가지가지의 설움과 굽이굽이의 회포를 항상 체험하는 까닭에, 기생 노릇을 하는 나 자신을 나는 무한히 애닯게 여깁니다.

기생은 어떤 계급의 전유물이 아니요, 또는 어떤 개인의 전용품이 아닌 이상, 기생들은 어느 때든지 누구누구 특별 없이 여러 손님을 다 같이 웃는 낯으로 대하고 다정한 행동으로 접촉하는 터인즉, 거기에 대하여 태도를 너그럽게 가지고 모두 똑같이 차별 없이 대하여줄 것입니다.

　손과 기생 사이에 더 친한 경우가 있고 또는 기생 중에도 가무에 우열이 있은즉, 누구든지 친밀한 기생과 가무에 능란한 기생을 편애할 것은 보통 인정이겠습니다마는, 편애하는 반면에 소원한 기생, 가무가 능란치 못한 기생이라고 너무 괄시는 하지 않겠습니다.

　한 시간에 얼마라는 물질의 보수를 받고 그 시간 동안은 그 손님들에게 시간적 노예가 된 것이지만, 그렇다고 아주 내 물건처럼 여겨서는 너무도 오해이지요. 사람 취급을 받지 못할 만큼 멸시를 천대를 하는 것은 더 말할 것도 없고, 심한 모욕과 무리한 요구를 하는 폐단이 비일비재합니다.

　나는 여기에 단지 시간적이라는 것을 절규합니다. 보수에 대한 그 비례의 시간 동안 가무, 음곡으로 여러 손님에게 위안을 드리는 직책이 있을 뿐이지, 절대로 다른 의무가 있는 것은 아닙니다. 물론 위안을 드리는 직책인 까닭에 가무라든지, 언어라든지, 행동이라든지, 감정이라든지, 무엇 할 것 없이 진선진미를 다하여 손님의 기대에 맞도록, 특유한 정신, 고유한 심리, 모든 제 것을 묵살 혹은 망각하고 남의 감정을 맞추는 사람으로서 차마 못할 일을 하지 않습니까.

　나는 이 점을 깊이 이해하여 동정에 동정을 하겠습니다.

2.6 신식 시대극을 연습 중인 평양기생학교 학생들.

기생들이 꿈꾸는
따뜻한 가정 생활

몹시 기다리다 신병 중에 계신 줄을 모르고, 어찌 끝났을까 하는 생각이 떠나지를 아니하였습니다. 그러다가 두 장의 편지를 본즉, 가슴이 몹시 아프고 아니 본 것만 못하오나, 소식 들으니 궁금하던 마음은 없사오나, 어디가 아프신지 좀 알았으면 좋겠습니다.

가슴 아프고 답답한 마음으로는 빨리 가서 뵈옵고, 그 아픈 곳을 맡아 나의 갑에다 넣고 이곳이 대신 아팠으면 참으로 좋겠사옵니다. 마음 둘 데 없이 정처 없이 지내는 중에, 거누고리 씨는 이곳을 어찌 생각하실까 하는 생각을 하오면, 정신이 없고 골머리가 몹시 아픕니다.

다시 생각해 사랑하는 거누고리 씨가 이곳을 ○○에다 아니 둔다 하신 말씀을 생각하오면, 기쁨이 떠나지를 아니합니다. 하지만 이 세상 사람이라 또 알 수 있습니까? 밤이나 낮이나 눈물로 세월을 보내는 나의 몸을 사랑하시면 구해주세요.

아! 나는 몰라요. 쓸쓸한 이 세상을 어찌하면 남과 같이 따뜻한 가정을 이루어볼까요? 나는 몰래 이 생각을 해보아요. 다른 소원은 없습니다. 그러나 병석에 계신 귀씨께 너무나 길게 여러 말하면 아니되겠습니다.

모쪼록 속히 나으시길 하느님께 축수하고 있사오니, 하루바삐 일어나서 활발한 걸음을 걷고, 볼일을 보시고, 혹 ○○에 볼일 계셔서 오시거든, 나 같은 못난 사람을 찾아주실까요?

대필을 하시더라도 궁금하오니 답장을 주시옵소서. 지금 비가 많이 옵니다. 쓸쓸히 앉아 거누고리 씨를 생각하고 있는 ○○○은 짐작하실까요?

가슴 답답한 나는 어이할꼬?

보고 싶은 우리 고향 같은 경성에 계신 이주사 앞

─────────

이 편지글 앞에는 다음과 같은 편집자의 말이 붙어 있다.
"이 편지는 경성에서 당일에 왕복할 수 있는 지방 작은 도시의 기생이 경성에 있는 청년 애인의 병보를 듣고 보낸 것이다. 이 기생은 일찍이 경성에서 유명하던 기생이었다. 그의 마지막 소원은 따뜻한 가정살이다."

가신 님에게

매헌

님이여! 가신 곳이 어디입니까. 해 솟는 동쪽인가요, 달 지는 서편인가요. 모진 바람 찬 서리를 홀로 어찌 견디라고 당신만 가셨습니까. 금보다 돌보다 더 굳게 하신 말씀! 차마 버리고 가십니까.

병상에 계시다는 말씀 듣고 두 번이나 천 리 걸음을 지었사오나, 처지따라 용서를 받지 못하는 경우이므로 머물러 정성을 다 못하였거늘, 용서를 빌 곳이 어디입니까?

나의 박명薄命을 울면서 굽이굽이 붉은 마음, 하늘을 우러러 땅을 굽어 지성으로 병환만 나으시기를 비올 뿐이더니, 꿈인가 생시인가 하루아침에 흉보凶報가 멀리 하수 물가에 슬픈 바람을 불어오니, 천지는 어둡고 해와 달이 빛을 잃으니 참담한 정상을 뉘 울지 않으리오. 더욱이 맺히는 바는 다 쓰러진 이 세상이 나로 하여금 죽어 썩지 못할 원한을 끼쳐주었습니다.

아! 그때가 이 세상에서는 마지막이었습니다 그려. 마지못하여 당신 곁을 떠나올 때 차마 못할 태도를 지어 단념을 말한 후 떨치고 일어서니, 다시금 묻던 말씀 아직도 들리는 듯, 옥 같은 모습은 이 눈에 떠남이 없건마는 세상은 어찌하여 당신을 가셨다 하며, 나조차 당신을 못 찾는 것입니까. 이것이 당신이 가고, 세상이 보낸 것일까요.

또다시 그곳에 갔을 때는 이미 당신은 나를 보지 않고 깊이깊이 숨으셨습니다. 가신 님 말이 없고 '나'라는 존재 없어 영겁에 이별을 한 줄기 눈물로 짓고 돌아오니, 원통하고 아픈 마음 합연溘然*이 모르고자 몇 번이나 몇 번이나 하였습니다만, 뻔뻔한 생이 가느다란 목숨을 아직껏 끌고 가오니 어찌될 줄 모르겠거니와, 만일 일 분이라도 알음이 계시거든, 유명을 가리지 마시고 이끌어 가시옵소서.

---

* 합연 : 뜻하지 않은 갑작스러운 죽음.

3부   소설 속의
기생

기생 산월이

이태준

산월이는 오늘 저녁에도 잊어버렸던 것처럼 제 나이를 따져보았다.

"흥, 스물일곱! 기생은 갓 스물이 환갑이라는데…."

산월이는 머리맡을 더듬어 자루 달린 거울을 집어 들었다. 그리고 스물일곱은커녕 서른 살도 넘어 보이는 제 얼굴을 한참이나 훑어보다가 화가 나는 듯이 거울을 내던지고, 거의 입버릇처럼 '망할 녀석!' 하고는 한숨을 지었다.

이 산월이의 '망할 녀석'이란 늘 두 녀석을 가리킨 것이다. 한 녀석은 지금으로부터 오륙 년 전에 산월이에게 미쳐서 다니다가, 산월이가 그렇게 말리는 것도 듣지 않고 아편을 찌르기 시작하여 마음씨 착한 산월이의 알돈 사천 원을 들어먹고, 나중에는 산월이 집에서 독약을 먹고 죽어 송장 감장도 감장이려니와, 죄 없는 산월이를 수십 차례나 경찰서 출입을 시킨 윤가라는 녀석이요, 다른 한 녀석은 산월이가 스물네 살 되던 해 봄인데 그도 화채 한 푼 제법 이렇다 못하는 똑 건달 녀석 하나가 꿈결같이 하룻밤 지내고 간 뒤에, 산월이의 그 매부리코만은 그냥 붙여두었을지언정, 육자백이 하나로 굵지는 않을 만큼 불려 다니던 그의 목청을 그만 절벽으로 만들어놓고 간 이름도 성도 모르는 녀석이다.

산월이는 이 두 녀석 노래를 안하자면서도 제가 제 신세타령을 하려니까 자연 그 두 녀석이 튀어나오는 것이었다.

말하자면 기생의 돈이라 무슨 성명이 있으랴마는 다른 기생과도 달리 박색한 탓이었던지, 제법 큼직한 녀석이라고는 한 번도 물어보지 못한 산월이에게 있어서는 사천 원 돈이라는 것도 일조일석에 생긴 것이 아니라, 십여 년 동안 그야말로 뼛골이 빠지도록 목청을 팔아서 푼푼이 모은 돈이었다. 그러나 설사 그것은 몇만 원의 큰돈이었다 하더라도 한때 즐기던 정, 남이나 위해 써버린 것이니 산월이 같은 마음에 누구를 칭원할 것도 아니지만, 그 녀석 그 듣도 보도 못하던 똑 건달 녀석으로 말미암아 자기에게는 둘도 없는 밑천인 목청을 결단 내인 것을 생각하면 고만 그 녀석을 찾아서 당장에 육시를 내고 싶도록 치가 떨리었다.

아닌 게 아니라 산월이는 목청 하나뿐이 재산이었다. 그의 목이 한번 그 몹쓸 병에 쟁겨버린 뒤에는 그의 생활이 너무도 소상스럽게 변천하여왔기 때문이다. 전셋집은 사글세 집으로 떨어지고, 사글세 집은 다시 사글셋방으로 내려앉아, 지금은 머릿장하나도 없이 여관집 빈방으로 떠돌아다니니, 쓸데없는 줄은 알면서도 왜 넋두리가 나오지 않을 수 있으랴.

산월이는 열시 치는 소리를 듣고 자리에서 일어났다. 아침 열시가 아니라 밤 열시기 때문이다.

어젯밤에도 새로 세시까지나 미친년처럼 싸다니다가 손발이 꽁꽁 얼어가지고 혼자 들어서고 말 때에는 울고 싶도록 안타까웠던 것을 생각하니, 오늘 저녁도 또 헷수구가 되면 어쩌나 하고 보는 사람은 없어도 무안스러운 생각부터 들어갔다. 그리고 그저께 밤에 당한 일도 다시 눈앞에 떠올랐다.

거의 문 앞까지 곧잘 따라오던 양복쟁이가 쓰다 달단 말도 없이 휘 돌아서서 가던 것과,

"여봐요. 날 좀 보세요."

하고 두어 번이나 불러봤지만,

"쏙이다, 쏙이야."

하면서 뺑소니를 치던 것을 생각하니, 다시금 얼굴이 화끈거리기도 하였다.

그러나 이왕 막다른 골목에 나선 길이라, 산월이는 새끼손 끝으로 방울지려는 눈물을 지우며 경대 앞으로 다가앉았다. 그리고 언제나 마찬가지로 머리맡에 놓여 있는 알코올 등잔에 불을 대리고, 그 위에단 머리 지지는 가새를 걸쳐놓았다.

이것은 다른 기생들과 같이 남과 맵시를 다투려는 경쟁심에서 아이론을 쓰는 것은 아니다. 천생으로 보기 싫게 벗겨진 이마를 머리털을 내려 덮어 가리려니까, 언제든지 그에게는 아이론이 필요했던 것이다. 더군다나 요새 와서 컴컴한 골목을 찾아 나가는

그에게는, 분 바른 이마 위에 새까만 앞머리 털의 농간이 얼른 잘 드러나는 유혹이 되는 것을 알았기 때문이다.

눈 온 지는 오래나 바람이 지나칠 때마다 어느 구석에 쌓였던 눈인지 얼굴과 목덜미가 선뜻선뜻하였다.

산월이는 종로 네거리에 나서서는 우선 어느 길을 잡아야 할지 몰랐다. 그래서 전차 타려는 사람처럼 안전지대에 올라서 보았으나, 황금정 편으로부터 전차가 오는 것을 보고는 얼른 찻길을 건너 종각 뒷골목으로 들어섰다.

산월이는 몇 걸음을 가지 않아서 중년신사 두 사람과 마주쳤다. 둘이 다 임바네스를 입은 큰 키를 구부정하고 산월이 얼굴을 들여다보았다. 산월이도 한 사람과 닥들인 것만큼은 반갑지 않았지만, 아무튼 해죽해죽 웃어 보였다. 그러나 그만 웃음은 아무 데서나 볼 수 있다는 듯이,

"나는 누구라구."

하면서 다시는 돌따보지도 않고 저희끼리 수군거리며 밝은 큰 길로 나가버렸다.

산월이는 또 얼굴이 화끈하였다. 한참 동안은 지나치는 사람도 끊이었다. 백합원 앞을 지나려니까 한 자는 시궁창에 소변을 보고 섰고, 한 자는 가만히 서 있는 것도 몸을 가누지 못하고 흐느적거리더니, 노는 계집 같은 것이 제 앞을 지나가는 것을 보고는 성난 소처럼 씨근거리고 산월이가 미처 망토에서 손을 빼기도 전에 달려들었다.

"이런… 이게 무슨 짓이야…"

술내가 후끈거리는 사나이 입술은 어느새엔지 산월이의 입가장을 스치고 지나갔다.

"뭐야, 이년! 더러운 년! 쌍년! 개딸년! 투엣…"

"이 사람 보게. 고… 고걸 먹구 이래. 이… 이런."

한 녀석도 같은 바리에 실을 녀석이었다.

산월이는 그 녀석과 입 맞춘 것쯤은 그다지 분한 일이 아니었다. 그것보다는 그 녀석은 술김에 아무에게나 헤벌리는 주책없는 욕설이겠지만, '더러운 년! 쌍년!' 하고 하필 더러운 년이라고 박는 것이 자기 밑구녕을 들쳐보고 하는 욕처럼 살을 에이는 듯한 모욕을 느끼었다.

그러나 마침 그때에 우미관이 파하여 골목이 뿌듯하게 사람이 쏟아져 올라왔다. 산월이는 새 정신이 번듯 돌았다.

그는 물결같이 올려 쏠리는 사람 틈박을 쑤시고 한가운데 들어섰다. 그리고 입으로 부르지만 않을 뿐이지, 눈이 뒤집히도록 찾아보았다. 외투를 입었거나 임바네스를 입었거나, 나까오리를 썼거나 캡을 썼거나, 나이가 이십이 되었거나 사십이 되었거나, 기름기만 도는 사내사람으로 자기의 눈웃음을 알아채는 사람이면 누구든지―그 누구를 우미관 앞이 다시 비어지도록 찾아보았다. 그러나 산월이의 발등을 밟고 퉁명스럽게,

"잘못 됐소."

하고 힐끔 쳐다보던 노동자 한 사람밖에는 그를 아는 체하는

사람이 없었다.

산월이는 그 길로 조선극장 앞으로 갔다. 거기는 벌써 파한 지한참 되어 더욱 쓸쓸하였다. 산월이는 그제야 우미관 앞에서 밟힌 발등을 톡톡 털고 나서 다시 종로 큰 행길로 나서고 말았다.

산월이는 밝은 골목이나 컴컴한 골목이나 바람만 마주치지 않는 골목이면 발길 내치는 대로 다녔다. 순경꾼의 딱때기 소리에 공연히 질겁을 하고 돌아섰다가 얼음 강판에 무릎을 찧기도 하면서, 이놈이 그럴 듯하면 이놈도 따라가 보고, 저놈이 그럴 듯하면 저놈의 옆도 서 보며, 밤이 어느덧 새로 두 점에나 들어가도록 싸다녀 보았다.

그러나 사내들은 계집이라면 수캐 떼 몰리듯 한다는 것도 산월이에겐 거짓말 같았다. 서울 바닥에 이처럼 사내가 귀할까 하고산월이는 이날 밤에도 낙망하지 않을 수 없었다. 산월이는 피곤하였다. 돈! 돈보다도 이제는 악에 받쳐서 사람이 사내사람이 몸이 달도록 그리워졌다.

"돈 없는 녀석이라도!"

하고 굵다란 팔로 제 몸을 끌어안아줄 사내사람이 못 견디게 그리움을 느끼었다. 그래서 산월이는 동관 앞으로 와서 색주가 집들이 많이 있는 단성사 맞은편 골목으로 들어섰다.

이렇게 산월이가 제 몸이 달아서 아무 놈이라도 걸리어라 하는판이어서 그랬던지, 의외에도 훌륭한 신사 하나가 산월이를 기다렸던 것처럼 어디서 불거졌는지, 열빈루 앞을 들어서는 산월이 길을 딱 막고 서 있었다. 검은 외투에 검은 털모자에 수염은 구레나 룻이나 살결이 흰 어떤 방면으로 보던지 증역이나 간부급에 속할 사십 가까운 신사였다.

"오래간만입니다. 혼자 이런 데를 오서요…. 저 모르시겠어요?"

구레나룻 신사는 산월이에게서 벌써 말인사를 받기 전에 서로 눈으로 문답이 있은 뒤라, 왕청스런 대답은 나올 리가 없었다.

"왜 모르긴… 어디서 이렇게 늦었소?"

"난봉이 좀 나서요. 호호… 그런데 벌써 전차가 끊어졌구면 요…. 어느 쪽으로 가시는지 저 좀 데려다주셨으면!"

"가만 – 있자, 집이 어디더라…?"

"다옥정이지 어디예요. 좀 바래다주세요, 네?"

산월이와 구레나룻은 말로는 아직 여기까지밖에 미치지 않았 으나, 걸음은 벌써 큰 행길까지 가지런히 붙어 나왔다.

구레나룻은 자동차를 불렀다. 그리고 자동차 속에서 산월이의 언 손을 주물러주며,

"집이 조용하우?"

하고 운전수는 안 들릴 만치 은근하게 물었다. 구레나룻의 입 에서는 약간 서양 술내가 퍼져 나왔다.

"나 혼자예요… 혼자."

구레나룻은 산월이의 목을 끌어안아 보았다. 산월이는 눈치를 따라 하자는 대로 비위를 맞춰주었다.

자동차는 어느 틈에 작은광교에 머물렀다. 산월이는 먼저 차를

3.1 가마를 타고 단풍놀이 가는 기생을 그린 신윤복의 〈휴기답풍携妓踏楓〉.

3.2 기생이 인력거를 타고 요릿집으로 가고 있다.

내리었다. 그리고 차 속에 앉은 채 찻삯을 꺼내주는 구레나룻의 지갑 속엔 푸른 지전장이 여러 갈피나 산월이 눈에 비치일 때, 산월이는 뛰고 싶도록 만족하였다.

산월이는 구레나룻을 데리고 가운뎃다방골로 들어섰다. 걸음이 날아갈 듯이 가뿐하였다. 구레나룻도 그러하였다. 그들은 정말 나는 사람처럼 이리 성큼 저리 성큼 뛰며 걸었다.

"길바닥에 이게 웬 흙물이예요?"

산월이가 물었다.

"글쎄… 어듸 수통이 터졌을까."

"아이, 흙물이라니까 그래요."

"아까 참 이편에서 불이 난 모양 같더니…"

"불이요?"

산월이는 그리 놀랍지도 않았다. 이 가까이서 불이 났든 물이 났든 내 방만 그대로 있으면 하고, 깔아놓고 나온 자리가 따뜻할 것밖에는 더 행복스러울 것이나, 더 불행스러울 것이나, 더 상상할 여지가 없었다.

"어딜 자꾸 먼첨 가세요? 호호, 이 골목인데."

산월이는 수통백이 골목을 들어서면서 벌써 습관이 되어 속허리띠에 달린 자기 방 열쇠부터 더듬었다. 그러나 웬일일까? 주인집 대문간에 달린 전등 때문에 세 밤중에 들어서도 대낮같이 환하던 골목 안이 움 속처럼 캄캄할 뿐 아니라, 발을 내어놓을 수가 없이 물 천지였다. 산월이는 그만 가슴이 덜컹 하고 내려앉았다.

구레나룻 말이 옳았다. 불이 났던 것이다. 바로 그 집에서, 바로 그 방에서. 산월이의 앞머리나 지질 줄 알던 알코올 등잔은 산월이의 몇 가지 안 남은 방세간을 태우고, 두 달 치나 세도 못 낸 남의 집 방까지 홈싹 태운 후에 대문간과 행랑을 태우고, 다시 안채로 옮아붙다가 소방대 펌프질에 꺼지고 말은 것이다.

산월이는 눈앞이 캄캄하였다. 그는 전신주를 끌어안고 생각하여보았다. 아무리 생각하여도 알코올 등잔에 불을 대린 생각은 나도 끈 생각은 나지 않았다.

이때다. 죽은 듯이 컴컴하고 고요하던 주인집 안채에서는 그 호랭이 같은 주인영감의 평안도 사투리로 억센 욕설이 울려 나왔다.

"죽일 놈의 에미나이. 방세도 싫으니 나가라 나가라 해두 안 나가드니, 남의 집을… 엑… 이놈의 에미나이가 들어나 와야 가랑머리라도 찢어놓지 그리…"

산월이는 다시 전신이 오싹하였다. 뒷걸음질을 치며 큰 골목으로 다시 나왔다. 그리고,

"아 – 그이!"

하고 좌우를 둘러보았다. 구레나룻은 보이지 않았다.

"여보세요?"

하고 나직이 그러나 힘을 주어 불러보았으나, 대답도 들려오지 않았다. 또 한 번 불러보았다. 그래도 보이지도 않고 대답도 들리지 않았다. 산월이 입술은 더 움직이려 하지 않았다.

그제야 산월이는 제 방에서 불이 난 것도 처음 안 것처럼 울음

이 북받쳐 나왔다. 산월이는 그만 살얼음이 잡히는 진창 위에 그대로 주저앉았다. 그리고 꺼이꺼이 소리를 내어 울고 말았다.

몇 십 년이나 정 들이고 살아오던 제 남편이나 달아난 것처럼, 구레나룻이 없어진 것이 무엇보다도 산월이의 가슴을 찢어놓은 것처럼 쓰라림과 외로움을 주었던 것이다.

3.3 평양 기성권번에서 발간한 《기성기생명감》.
평양 기생 384명이 사진과 함께 실려 있다.

시드는 꽃

1. 옛날 친구

저녁밥상을 물리고 난 뒤에 진호와 정식이는 담배를 피워 물었다. 실로 이 두 사람은 어려서부터 친밀한 동무였다. 그러나 장성한 뒤에는 서로 걸어 나가는 길이 달라져 자연히 만나볼 기회가 적어진 것이다. 이번에 만난 것도 실상은 진호의 밥줄인 전매국 일로 잠시 평양까지 출장 왔던 길에 정식을 찾아온 것뿐이다.

오래간만에 만난 두 사람은 혹은 건강에 대한 문안 혹은 가정 상태에 대한 물음 혹은 직무상 이야기 ─ 그 중에도 한때 문학청년으로 자처하던 그들 사이에서는 문단에 대한 이야기로 상당히 말수더구가 벌어져 나갔다. 정식이는 그동안에 문예에 대한 열정이 식었으나, 진호는 틈틈이 계속해서 소설이며 시며 평론 같은 것을 발표하여 왔으며, 최근에 이르러서는 서울 문단에서도 상당한 권위를 인정받게 된 것이다.

그러나 이런 종류의 이야기는 벌써 저녁 먹기 전에 대체로 끝낸 세음이다. 이제부터 그들에게 남은 문제는 다만 오래간만에 만난 벗과, 그리고 내일 아침이면 진호가 다시 서울로 돌아가야 할 터인즉, 몇 시간 되지 않는 이날 밤을 어떤 방법으로 즐길 것인가 하는 문제에 매달린 것이다.

정식은 담배를 재떨이에 부비고 나서 진호에게 이렇게 물었다.

"그래 서울서 혹시 외입이나 잘하나?"

"외입? 그것두 돈 가지고야 하지 않겠나. 나 같은 가난뱅이가 웬 걸…. 그러나저러나 그건 왜 묻나, 허허…"

진호는 경제적 책임 문제로 여러 사람이 장가들기를 한두 번 권한 것이 아니언만 지금까지도 총각으로 지내왔다. 그러니만큼 혹시 남에게 성생활에 대한 의혹을 받아오기도 하였다.

그러나 그의 생활만은 퍽 담박한 것이었으며 결백한 것이었다. 혹여 그의 주위를 싸고도는 몇 낱의 여성이 있다 쳐도, 그것은 다만 동무로서의 사귐에 지나지 않았다. 그리고 이러한 교제가 다른 사람의 의심을 사기에 충분한 재료가 되었다.

진호는 항상 그런 종류의 풍설이 에돌다가 자기의 귓바퀴를 때릴 때에는 분노하고, 사람에 대한 믿음까지도 들 수가 없는 듯이 불쾌하였다. 방금 정식이가 말한 것도 자기의 결백한 생활을 의심함이나 아닌가 하여 몹시도 귀에 거슬렸다. 그러나 원래 정식이는 아무 악의 없이 그런 종류의 농담을 곧잘 하던 터이라, 구태여 속 들여다보이게 꼬집어내지 않고 수수끔이 미끄러쳐 버렸다. 정식이는 새삼스러운 듯이 진호의 무릎을 치고 다시 말했다.

"참, 자네는 아즉도 술을 못 먹는다구? 흥, 여전히 샌님일세 그려…. 우리는 타락자야…"

진호는 이 말을 빈정대는 말로만 듣고 싶지 않았다. 차라리 샌님 소리를 들을지언정 술주정꾼이라거나 외입쟁이의 취급은 받고 싶지 않았다.

"옳지! 자네에게 꼭 할말을 깜빡 잊었었네. 이야기를 들으면 똑 반할 이야기란 말야"

정식이는 싱글벙글 웃으면서 알 수 없는 수수께끼의 실마리를 내던졌다.

"반할 이야기? 대관절 무슨 이야긴데 그래?"

"응, 그런 게 아니라 평양의 어떤 여자가 얼굴도 못 본 자네에게 반했단 말야…. 숙경이란 기생인데, 아주 소설 광이 되어서 소설치고는 못 본 것이 드물어요. 글쎄, 그런데 자네 소설을 읽고는 홀딱 반해서 정신을 못 차려요. 그래 밤낮 자네를 한 번만 만나게 해달라고 못살게 야단을 쳐요. 어쩐 영문인지 제 맘도 억제할 수가 없다구 하던걸. 한 번 가봐요, 허허."

진호는 '어떤 여자'라는 말에 호기심을 날 세웠으나, 다음 마디에 그 여자가 기생이란 말을 듣고 나서는 콧숨을 내쉬었다. 그는 달갑지 않은 대답으로,

"뭘, 그런 여자란 것은 이 사내 저 사내 할 것 없이 되는 대로 반하고, 자칫하면 차내는 법 아닌가?"

"어허? 여보게, 숙경이는 그런 여자가 아닐세. 참말 평양서두 평

판이 어떻게 높은데. 그래, 영업이 영업인지라 그런 의심도 받겠지만, 아주 진실하고, 똑똑하고, 아는 것 많구, 사상 좋구…. 좌우간 보통 기생 취급을 하기는 섭섭하다니깐…"

진호에게는 정식의 말이 일종의 거짓말 같기도 하고, 한편으로 그럴 듯도 들리었다. 정식이가 숙경이를 그렇게까지 변호하려는 이유가 어디 있는지 알 수는 없으나, 어쨌든 정식의 얼굴에서는 확실히 열심과 전과 달리 엄숙한 태도와 약간의 반항적 성질을 가진 흥분까지도 찾아볼 수가 있었다.

진호의 꺼져가던 호기의 불길도 이로 말미암아 다시 타올랐다. 그리고 이번만은 농담이 아니라고 믿어지기도 했다. 저화楮貨에 있어 그러한 예가 옛날부터 있어왔다는 것이 한층 더 그의 믿음을 굳혀주었다. 진호는 자기가 다른 사람에게 숭배와 사랑을 받는다는 것이 기쁘기도 하였다.

"만약? 사실이라면 흥미 있는 일인걸… 한 번 만나본다? 허허…"

진호는 이렇게 말하고 나서도 자기가 너무도 쉽게 움직인 표시를 한 것을 후회하였다. 그리하여 그 말을 취소하는 동시에 겸하여 더 한층 정식의 잡아끄는 힘을 돋쳐주려고 이렇게 말했다.

"흥, 말이 그렇지, 거겐 가서 뭘 해. 싱거운 사람 구실이나 하게? 그리구 자네 애인과 삼각연애야 할 수가 있나? 하하…"

"뭐? 내 애인? 이 사람아, 정신이 있나? 글쎄, 가서 만나기만 해요. 나는 그저 동무같이 친해요."

진호가 얘기한 대로 과연 정식이는 한층 더 열도가 높아졌다.

진호는 숙였던 머리를 들고 열 손가락으로 머리카락을 치켜 올리면서 말했다.

"자— 그럼 가본다구? 그러나 내가 진호라는 말은 하지 말게, 응. 약속하게."

"그래, 그것 참 재미있겠는걸. 감쪽같이 속이고 자네는 진호의 동무라고만 하면 큰 연극이 될 테란 말야, 아하하…"

이렇게 의논이 맞은 뒤에 그들은 웃옷을 입고 모자를 쓰고 나섰다. 가을밤 유난히도 산뜻해 보이는 초생달 아래서 그들의 그림자는 시멘트 길바닥을 스치면서 염전리의 어떤 골목으로 빠져들어갔다.

2. 우연한 사랑

진호와 정식이가 숙경의 방마루를 밟고 올라설 때는 숙경의 방에서 새어나오던 만돌린 소리가 멎어버렸다. 그리고 무대에 등장하는 여배우와도 같이 숙경의 자태가 밀장문을 빼개면서 나타났다. 그것은 첫눈에 보매 순후한 여성이었다.

무엇보다도 기생방에서 흔히 볼 수 있는 다른 사내와의 충돌이 없이 들어갈 수가 있다는 것이 마음을 유쾌하게 하고 안심을 주었다. 정식이는 능글능글한 태도로 두 사람을 번갈아 바라보면서 인사를 시키었다.

"숙경이, 이 어른과 인사하우. 서울서 온 내 동문데 성함은 최

경순 씨, 숙경이가 늘 말하는 진호와는 한사무실에서 일 보시는 분이란 말야. 또 이 아씨는 숙경씨…"

"네– 그르서요?"

숙경이는 가느다란 말소리로 다만 이렇게 간단히 인사를 치르고 나서, 이번에는 목청을 돋우어 정식에게 공박을 주고 눈살을 쏘았다.

"뭘 그러서요! 제가 언제 그런 양반을 찾었어요? 누가 들으면 곧이듣겠네. 흥, 내 원…"

숙경이는 정식이가 처음 보는 손님 앞에서 진호의 말을 했다는 것이 좀 못마땅하기도 하고, 일편 부끄럽기도 해서, 얼굴빛을 살짝 붉히고 머리를 수그렸다. 그러면서도 경순이란 사람이 일상 자기가 그리던 진호와 한사무실에서 일을 보고 있다는 데서 한층 더 친근을 느끼었다. 진호는 다만 벙긋이 웃으면서 권하는 방석 위에 앉아버렸다.

잠시 동안 침묵이 계속되었다. 진호는 그동안에 가만히 숙경의 관상을 살펴보았다. 그의 얼굴빛이 조금 거무스름한데다가 몸집이 오동통한 것으로 보면, 확실히 숙경이는 보통 이상의 건강체였다. 그의 눈이며 코며 입이 흠잡을 것 없고 또 그것이 멀찍멀찍이 떨어져 앉은 것으로 보면, 그의 마음이 덕성 있고 툭 터진 증거라고 할 수가 있었다. 그의 키가 중키가 넘는다는 점으로도 답답이는 면한 세음이다.

진호는 답답하고 변통성 없는 것을 제일 미워했다. 그는 서울서 상종하는 몇 날의 친구며 문사들에게서 짜들어 먹은 고집쟁이요 답답쟁이에 대한 염증을 벌써 실컷 느꼈던 것이다. 그 중에도 숙경의 명석하고 재주 있어 보이면서도 어데인가 따뜻한 인정이 흐르는 맑은 눈이 가장 진호의 마음을 끌어당겼다.

"자— 맨도린이나 좀 들려주구려…"

정식이는 이렇게 침묵을 깼다.

"해해, 제가 뭘 할 줄을 아나요…"

"아따, 왜 이러십니까? 방금 하던 걸…"

"참, 초면에 미안한 말씀이지만 한 번 하시지요."

진호도 한마디 참여하였다. 정식이는 몸소 만돌린을 집어서 숙경의 무릎 위에 안겨주었다. 그러나 숙경이는 몇 번이나 망설이다가 결국 사양해버렸다.

진호는 숙경이가 보통 기생과 달리 만돌린을 뜯을 줄 안다는 데서도 한층 남다른 호감을 느꼈지만, 그의 말 가운데서 조금도 평안도 사투리를 골라낼 수가 없다는 것은 그의 서책에서 받은 바 교양의 힘이 남다르다는 것을 짐작할 수가 있었다. 그뿐 아니라 그의 겸손한 애태에서도 어떤 종류의 미美를 맛볼 수가 있었다. 그리고 숙경의 몸에 감긴 무명옷이 무엇보다도 은근하고 수수하였다.

"숙경이…"

"네?"

정식이는 숙경이를 찾고 나서 몰래 진호에게 눈을 끔뻑거려 보임으로써 암호를 한 다음에, 다시 말을 계속했다.

"최선생께 진호에 대한 이야기를 좀 물으란 말이야."

"호호, 난 무슨 말씀을 하시려노 했지…. 참, 최선생님은 처음으로 그런 말씀을 듣고 나를 미친년이라고 하시겠네, 호호…. 아마 정말 미쳤는지도 모르겠어요. 제가 만일 진호 씨를 찾어간다면, 그분이 나에게 어떤 태도를 가질까요? 음분한 년이라고 하면서 눈도 거들떠보지 않겠지요?"

숙경의 말에는 진실한 빛과 열정이 떠올랐다. 그리고 실망의 표정을 지었다. 진호는 자기를 그리워하는 숙경이가 한편 반갑기도 하고 불쌍하기도 하였다.

"글쎄요, 남의 마음을 제가 알 수 있나요?"

"그러시겠지요. 누구나 아지 못하는 여자가 찾어가서 당신을 사랑한다고 말하면, 그의 성심이 제아모리 하늘을 감동시킬 만큼 놀랍다 하드라도 그것을 이해할 수가 없겠지요, 후ー"

숙경이의 성심과 말재주는 일치한 것이었다. 진호의 마음에도 커다란 의혹과 변동이 생기기 시작하였다. 인생의 엄연한 사실 앞에서 그는 다만 희롱 삼어서 이 말 저 말을 뱉을 수는 없다고 생각되었다.

"진호를 사랑하시는 동기는 무엇입니까? 그의 인격을 사모하는 것입니까? 그는 별로 재산이 없는데요…"

"천만에, 제가 재산을 탐해서 거짓말을 하는 줄로 아십니까? 그저 맹목적 사랑입니다. 그러나 그 속에는 인격에 대한 사랑이 숨겨 있겠지요."

숙경이는 진호의 말이 불쾌하다는 듯이 좀 말소리를 높이었다. 그가 불쾌해할수록 진호는 쾌감을 느꼈다. 그리고 진호가 이때까지 가지고 있던 관념인,

"이 여자도 역시 간사한 요물이겠지…"

이러한 생각은 하나도 머릿속에 남아 있지를 않고, 어딘가 간격 없는 감정이 서로 통해 다니는 길이 있는 듯하였다. 숙경의 말에는 정중한 맛이 있었다. 결코 배우가 대사를 외우는 것같이 만들어내는 말로만 들리지는 않았다.

"과연 그렇다면 어떤 태도를 가질까?"

진호는 홀로 이러한 문제를 풀려고 애썼다. 이때까지 잠잠히 보고 있던 정식이는 그 연극이 무던히 재미있다는 듯이 싱글벙글 웃었다. 그리고 그의 참을성 없는 입은 올 때에 피차 약속한 것도 잊은 듯이 그만 툭 터지고 말았다.

"자− 내가 거짓말하드냐, 진호야…. 아차! 실수했다. 저− 경순아…"

"네? 아이구 어쩌나! 난 몰라요. 사람을 감쪽같이 속이구! 응, 난 몰라… 응…"

"아닙니다. 나는 진호의 친굽니다."

숙경이는 놀라는 나머지에 몸을 올려 취치고 입을 벌렸다. 그리고 한 번 커다랗게 눈을 떠서 진호를 바라본 뒤에는, 그만 부끄러워서 어리광스럽기도 하고 울듯 싶은 말을 하고는 고개를 뒤로

돌려버렸다. 정식이가 말끝에 덧붙인 변명이나 진호 자신의 부정도 그를 다시 속이는 데는 아무 소용에 닿지 못하였다.

정식이는 말머드구만 따놓고 나서 이제는 너희끼리 실컷 놀아라 하는 듯이 구경만 하고 있다가, 이윽고 변소에 갑네 하고 자리를 피해 나가버렸다. 그러나 그 소위 변소 행차는 착실히 긴 시간을 보내도 들어오지를 않았다. 그동안에 두 사람이 끝내 침묵을 지키기에는 너무나 각급하고 고달픈 것이었다.

"저를 욕하셨지요? 어리석은 년이라고요…"

숙경이는 이렇게 먼저 손을 걸었다.

"헤헤, 천만의… 도리혀 저 같은 사람을 사랑하신다니 감사할 뿐이지요만, 그만큼 당신은 불행한 세음입니다."

"그건 어떤 의미에서요?"

"…"

"설마 선생님께서야 저같이 더러운 것을 생각이나 하시겠습니까? 귀찮을지언정 감사할 것이 어데 있어요?"

숙경이는 말을 느리게 하면서 매 구절마다 진호의 기색이 어떻게 변하는가를 살펴보고 있었다. 진호는 무슨 말로써 대답을 해야만 숙경의 호감에 대한 인사도 되고, 겸하여 말책임도 없게 할는지 한참이나 궁리하던 끝에, 다만 간단하게 처결하기로 하고,

"왜 그런 말씀을 하서요? 사람이야 마찬가지겠지, 귀하고 천할 까닭이 있습니까?"

"그럼 이 세상은 다 공평하게요? 몇 백 층의 귀천이 있지 않어요?"

진호는 숙경이가 듣기 좋으라고 애매한 말을 해놓고도 곧 자기의 대답이 철저하지 못하였다는 것을 느끼던 차에, 이렇게 숙경이가 꼬집어놓고 보니 그만 말문이 막혀버렸다. 그러나 마침 이때 밖에 나갔던 정식이가 짐짓 요란스러운 소리를 내면서 들어오는 것이었다.

진호의 막혀버린 대답도 이것으로써 미끈히 풀칠할 수가 있었다. 진호는 곧 정식에게로 말머리를 돌리고 외쳤다.

"아니, 이 사람아. 대체 그게 무슨 행사란 말인가?"

"허허허허…"

정식의 대답은 그저 길다랗게 웃는 것밖에 아무 것도 없었다. 조금 뒤에 밖에서는 다시 무거운 물건을 내려놓는 소리가 마루를 울리더니 뒤이어 조그만 술상이 들어왔다. 그때야 비로소 진호는 정식이가 오랫동안 나가 있은 까닭을 알 수가 있었다.

"아, 웬일이요? 술 먹을 사람도 없는데…"

"술 먹는 종자가 따로 있나? 아무나 들이키면 그뿐이지, 먹고 못 먹을 게 어데 있어."

정식이는 미리부터 고집과 위협을 보이면서 먼저 잔을 들어 권하였다. 숙경이는 술병을 잔 위에 기울이면서,

"참말 못 잡숴요?"

"네, 참말 못 먹어요. 조금만 부어요."

"이 작자야, 허통 떨지 말아. 가득히 부어요."

정식이는 진호가 혹여 술잔을 타구에 쏟지나 않을까 하여 눈을 바로 뜨고 감시하였다.

진호는 아무리 못 마시는 술이라기로서니 이렇게 처지가 된 이상 피하는 수가 없었다. 진호는 한 잔을 마시고 난 뒤에 알코올 기운이 머릿속을 찌르르 울리는 가운데서 오늘에 생긴 일을 곰곰이 생각하여보았다.

아무리 생각하여보아도 진호는 마치 어떤 마술에 걸린 듯이 숙경이 앞에서 너무나 약한 사람 구실을 한 것이 스스로 원망스럽기도 하였다. 명석하다고 하는 진호의 머리로도 숙경이 앞에서 어떠한 판단을 내리고 엄연한 태도를 가지기에는 모자라는 점이 있었던 것이다.

그는 일찍이 교제하던 많은 여성 앞에서 폭군 행세를 하면서도 능히 여자들에게 조그만 악감도 주지 않고 휘어나갈 수가 있었던 것이다. 그리고 또 오늘같이 처음으로 만나자마자 노골적인 사랑의 요구를 받아본 적도 평생 없었던 것이다.

그의 아름다운 얼굴이 자기를 사로잡았는가 하고 생각해보았으나, 숙경이는 그다지 미인은 아니었다. 그의 사회적 지위? 그것은 숙경이 자신이 솔직하게 말한 것같이 천한 것이었다. 그에 대한 종교적 동정? 그러한 분자가 노상 없지야 않겠지만, 그다지 뚜렷한 것은 못되었다. 그렇다면 무엇이 자기를 끌어당길까? 마치 꿈속 같아서 도무지 알 수가 없었다.

이러는 동안에 다시 술잔이 돌아오기를 대여섯 번 지났다. 못 먹는 술을 어떤 흥분 밑에서 무턱하고 받아 마시기는 하였지만, 그것을 이겨나갈 힘은 조금도 없었다.

진호의 머릿속에서는 여러 개의 방망이가 한꺼번에 두들기는 듯이 어지러운 소리를 내었다. 온몸은 화독같이 벌겋게 달면서도 털끝까지도 오슬오슬 추워 들어갔다. 그리고 마치 배에 취한 사람처럼 방금이라도 터져 나올 듯이 구역증이 심하고 눈꺼풀이 무겁게 늘어져서 잠을 재촉하였다.

몇 잔을 더 마셨는지 그는 기억할 수가 없었다. 나중에는 취한 김에 멋없이 마셔버렸다. 그는 마침내 몸을 지탱하지 못하고 앉은 자리에서 모로 쓰러져버렸다.

몽롱한 가운데서도 숙경이가 자기의 무릎을 베개 삼아 베어주는 것만은 알 수가 있었다. 그의 잠은 벼락같이 몰아들어왔다.

3. 수수께끼의 하룻밤

새벽이 되었다. 진호는 몽롱한 가운데서 자기의 몸뚱이를 덮은 이불이 벗어져 바른편으로 추위가 스며들어오는 것을 느끼었다. 그와 동시에 왼편에서는 사람의 살에서 전해오는 따뜻한 쾌감을 감촉하였다. 그는 꿈쩍하고 놀래 눈을 떴다.

진호를 놀라게 한 것은 실로 한두 가지가 아니었다. 첫째로 진호가 자고 있는 자리라는 것은 '기생방' 그대로이었다. 그리고 진호의 곁에서는 숙경이가 머리를 풀어헤친 대로 곤한 잠을 자고 있었다. 그리고 그의 잠옷을 입은 아랫다리는 진호의 다리 위에 얹혀 있었다. 숙경이를 가운데 뉘어놓고 정식이도 옷을 입은 대로 웃목에서 코를 골고 있는 것이었다.

진호는 아무리 기억의 갈피를 들추어보았으나 어젯밤 술이 취해서 숙경의 무릎을 베개 삼고 누워버린 장면까지밖에 더 알 수가 없었다. 그 나머지 시간은 거의 죽은 것과 같았다. 진호의 머릿속은 아직까지도 띵하게 아프고 흐리마리하고 무거웠다. 혹여 어떻게 생각하면 밤중에 한 번쯤 깨었던 것 같기도 하고, 또 다르게 생각하면 그대로 내처 자버린 듯싶기도 하였다.

만일 잠을 깨었었다면 숙경이와 무슨 관계가 없이 그대로 곱게 자버렸을까? 그는 이렇게 의심하여 보기도 하였다. 그는 혹여 취중에라도 아무쪼록 무슨 일이 없었으면 요행이련만… 하고 장담할 수 없는 바람을 가졌다.

그러면서도 숙경이의 곁에 누운 정식이가 자기가 잠든 새에 어떠한 일을 하였을까? 진호가 쓰러져버린 다음에 두 사람은 얼마나 더 술을 마셨으며, 또 어떻게 행동하였으며, 어떻게 되어서 결국은 이 자리에서 세 사람이 자게 되었을까? 그에게는 모두 궁금한 문제였다. 그리고 자기와 숙경이는 비록 몸을 마주 붙이고 자며 정식이와 숙경이의 거리는 좀 멀다고는 할망정, 알 수 없는 질투심이 솟아오르는 것을 느끼었다.

"설마… 정식이가 그럴 사람은 아니다. 그리고 숙경이도…"

진호는 여러 가지로 생각하던 끝에 결국 자기의 불순한 상상을 깨처버리고 차라리 믿음으로써 그들을 대하고 싶었다.

4. 뜻하지 않은 임신

진호가 평양을 다녀온 지도 벌써 석 달 반이나 넘었다. 그동안에 숙경이와는 여러 차례의 달콤한 편지를 주고받았다. 그러다가 편지만으로는 만족하지 못하였던지 약 보름 전에는 숙경이가 잠시 서울로 찾아왔던 일까지 있었다.

마침 진호는 공교스럽게도 삼남지방으로 출장을 가게 되어서, 겨우 기차 시간 전 두어 시간 동안 남짓하게 마주앉았다가 섭섭히도 헤어졌던 것이었다. 그때에 숙경이는 전보다 기색이 좋지 못하였다.

숙경의 말을 들으면 근일에 와서 공연히 음식을 먹을 수가 없을 만큼 구역증이 심하고, 또 먹고 나면 반드시 소화가 좋지 못한 까닭이라고 하였다. 진호는 속마음으로 숙경이가 무슨 근심 때문에 그러한가 보다 하고 생각하였을 뿐이었다.

토요일 오후 —

오늘은 전매국에서도 반것 일밖에 하지 않았다. 진호는 오래간만에 바로 진고개로 가서 몇 권의 책을 샀다. 그리고 식당에서 점심을 먹은 뒤에 천천히 여관으로 돌아왔다.

평시에 농담을 좋아하는 주인 마나님이 진호를 보고 싱글벙글 웃으면서 편지 한 장을 내주었다. 그것은 숙경이에게서 온 것이었다. 주인 마나님이 웃는 이유는 '편지 봉투에 쓰인 글씨로 보아 여자에게서 오는 연애편지로구나…' 하는 의미인 듯하였다.

진호는 얼른 받아서 무관심한 듯이 포켓 속에다가 구겨 넣고는 방으로 돌아와서야 비로소 뜯어보았다. 그 편지는 읽어나갈수록 이상스럽고 놀라운 것이었다.

"… 그날 밤에 주신 사랑의 선물을 저는 고이 받았습니다."

진호는 그 소위 '사랑의 선물'이란 것이 무엇인지 알 수가 없었다.

아무리 생각해보아도 그는 다만 손수건 한 개일지라도 숙경의 방에 떨어뜨리고 온 것이 없었던 것이다. 더욱이나 그 후에도 물품을 선사한 일이 없었다. 그러나 한참 읽어 나가는 중에 그 수수께끼는 풀리는 동시에 거의 그를 절망시킬 만큼 놀라운 문구가 있었다.

"… 너무도 음식을 먹을 수가 없이 구역증이 나고 소화불량이 심하기에 병원에 가서 진찰을 받았더니, 천만뜻밖에도 임신한 관계라고 하겠지요. 벌써 석 달째나 경도가 없기는 하였으나 설마 그럴 성싶지도 않아서 근심되던 중에, 의사의 말을 듣고야 비로소 안심이 되었습니다. …"

진호는 편지를 방바닥에 떨어뜨릴 만큼 온몸의 기운이 빠져 달아나는 것 같았다. '사랑의 선물'이라는 것이 '임신'과 관련이 되는 말인 줄을 알 때에, 그는 가슴이 무너지는 것 같았다.

진호는 그날 밤 일을 다시 한 번 생각하여보았다. 과연 자기는 숙경이와 육적 관계가 있었을까 하고 의심하였다. 그러나 취중의 일이라 도무지 단언할 수가 없었다. 여하간 숙경이 태도로 본다면 육적 관계를 맺은 것으로 치는 모양인즉, 그대로 좇아야 옳을까? 그렇다면 책임이 있지 않으냐. 만일 없는 사실이라면, 숙경이가 감

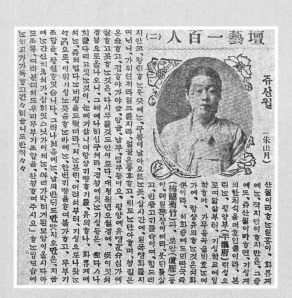

3.4 《매일신보》기획기사 '예단藝壇 일백인'.

1914년 1월부터 연재된 당대 최고의 예인 100명 가운데 여성 89명은 모두 기생이다.

주산월은 3·1만세운동을 주도한 손병희의 부인이 되고 여성운동의 지도자로 활약하였다.

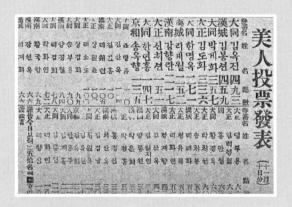

3.5 1920년 《매일신보》에서 실시한 미인 인기투표의 중간집계표.
상위 50명이 모두 기생임을 알 수 있다.

히 그런 말을 만들어낼 수야 없겠지.

그의 편지 중에서도 가끔 '그날 밤의 사랑'이란 말을 많이 볼 때마다 그것이 무엇을 의미하는 말인지 이해할 수가 없었거니와, 이제 와서 보면 즉 육적 관계를 의미하는 것이었구나 하는 생각을 하면 갑자기 숙경이가 미워지고 말았다.

즉 숙경이라는 보잘것없고 조그마한 동물이 자기의 커다란 명예를 더럽히는가 하면 한없이 미웠다. 그리고 자기의 몸뚱이까지도 더러운 생각이 났다. 진호의 머릿속에서는 '망신' '귀찮은 책임' '천한 기생의 몸에서 난 자식' 이렇게 어지러운 관념이 빠른 템포로 핑핑 돌아갔다.

"그 방에서는 정식이도 자고 있지 않았느냐? 또 설사 내가 무의식중에 실수하였다손 쳐도, 그는 기생의 몸이라 그동안에도 여러 남자와 관계하였을 것이 아니냐. 그러나 그가 끝내 따라다니면서 사남을 부린다면 어쩔 거냐?"

진호는 전혀 사실을 부인해보려고도 하였다. 그리고 자기를 험한 구렁에 떨어뜨린 정식이가 원망스러웠다. 이러한 중에서도 숙경이가 미친 듯이 발악을 하고 덤벼들 것을 상상해보면 온몸에 소름이 끼치는 것이었다.

진호의 가슴은 흥분으로 설레었다. 그가 이때까지 고생하고 허덕이면서 꾸준히 걸어 나온 결과라는 것이 겨우 이만 일로써 끝장을 내이지 않는가 하여 극도의 절망을 느끼었다. 그는 분김에 맡겨서 숙경이에게 편지를 썼다.

"나는 임신에 대한 책임을 질 수 없어!"

편지래야 다만 이렇게 지극히 간단명료한 것이었다. 과연 이 편지를 받고 나서 숙경이는 어떠한 태도로 나갈는지? 진호는 우선 한 개의 운명의 돌을 던지기는 하면서도, 그로부터 장차 일어날 파문을 생각하지 않을 수가 없었다. 그의 모질지 못한 마음은 태도를 결정하기 전보다도 오히려 설렁거렸다.

5. 숙경의 죽음

진호가 숙경이에게 편지를 부친 지 사흘째 되는 날 저녁이다. W신문에는 다음과 같은 제목으로 진호의 목구멍에다가 다이너마이트를 집어넣은 것같이 놀라운 기사가 나타나 보였다. 그리고 조그만 사진도 첨부되었다.

'평양 명기 숙경 음독자살.'
'원인은 세상을 비관한 까닭인 듯.'

기사의 내용은 극히 간단한 것이었다. 그가 독약을 먹고 자살했다는 것밖에 그의 최근 생활의 윤곽까지 그려놓지는 못하였다. 그것은 단정한 숙경이가 아무에게도 호소하거나 원망의 말을 남기지 않고 곱게 말없이 가버린 증거였다.

진호는 비로소 자기가 한 행동을 후회하였다. 숙경의 죽음은 갈 데 없이 진호의 편지 한 장이 내린 선고로 인한 것이었다. 실로 진호의 한 줄도 못되는 편지가 능히 한 여자의 운명을 결정하는 힘을 가졌던 것이다.

그는 숙경의 아름답고 과단성 있는 마음에 절하고 감사하는 동시에, 자기의 커다란 죄악적 책임감을 느끼지 않을 수가 없었다. 그가 일찍이 귀하게 여기던 좀된 '명예'를 목 베서 던지고라도 숙경의 죽음을 막았더라면… 하는 생각도 났다.

그러나 그는 벌써 돌이킬 수 없는 사람이다. 사죄를 받을 수도 없는 것이다. 그러면서도 숙경이가 자기의 명예에 똥칠을 해주지 않고 곱다랗게 죽은 그 심정을 감사하게 생각하지 않을 수가 없었다. 그는 사람의 마음속에 자리 잡고 있는 두 가닥의 야릇한 감정을 엿보면서 꾸짖었다.

마침내 진호는 참을 수 없는 슬픔에 북받쳐서 책상에 엎드리고 소리높이 울었다.

"오- 숙경아, 너는 갔느냐?"

우리의 참사랑

가정부인이 된
어느 기생의 일기 중에서

박화영

    내가 그 남자(임춘식)를 처음으로 만나기는 바로 작년 봄이었으니, 따스한 봄바람이 다정하게도 아름답게 핀 벚꽃 꽃가지를 사르를사르를 흔들어주고 지나가는 그 어느 일요일이었다. 봄바람에 떠도는 우울과 애수를 잊어버리기 위하여 남들 틈에 섞여 군산통으로 벚꽃 구경을 갔을 때였다.

    그때 내가 저수지 한편 언덕 위에 서서 여기저기 피어 있는 벚꽃을 구경하고 있을 때에, 어느 사인지 그는 바로 내 옆을 바짝 다가서서 꽃구경을 하는 척하면서 이따금 곁눈질로 나의 얼굴을 힐끗힐끗 도적질해 보기에 분주한 것을 나는 비로소 깨달았다.

    나를 처음 대하는 그가 물론 그러기도 십상 쉬운 일이었다. 그가 젊은 남자였고, 나 또한 그다지 미웁게 생긴 여자가 아니었으니까.

    더구나 나는 옆집 여자와 달리 매인열지每人悅之하는 기생의 몸으로, 옷 입은 차림차림이 또는 날씬한 자태 어디로 보든지, 남자들의 마음을 끌지 않을 수 없을 만큼 곱게 단장을 한 까닭이다.

군산통에서 그의 시선이 나의 온몸을 휩싸기 시작하더니, 그이는 그날 밤까지 나를 뒤따랐다. 두 사람 사이에는 피차에 아무 말도 없이 다만 고요한 침묵만으로… 그이는 나중에 우리 집 문 앞까지 따라왔다.

나는 그이와 서로 말은 나눔이 없었다 할지라도, 나로 인하여 저와 같이 애쓰고 찾아왔거니 – 하는 가엾은 생각이 나서, 대문 안을 들어서면서 그이를 돌아보고 한 번도 웃어보지 않은 웃음을 처음으로 빵긋 웃어주고는, 그냥 대문 안으로 들어오고 말았다.

방안으로 들어온 나는 물론 그이가 나의 뒤를 따라 들어오리라 – 하고 부르는 소리가 나나 하고 기다려보았으나, 그이는 웬일인지 들어오지 않고 그대로 돌아가고 말았다. 어쨌든지 그이가 들어오지 않고 그대로 돌아갔을 때 공연히 나의 마음은 섭섭하기 짝이 없었다.

그이가 나를 부르기는 그날 밤 금광원이었다. 두 번째 그이를 대하는 나의 부드러운 감정은 나의 가슴 속에 이상한 자극을 부어주었다. 아아, 알 수 없는 두근거림이, 아니 이상스러운 우연이 그이와 나와의 사이에 떼려야 뗄 수 없는 깊고 깊은 인연을 맺게 할 줄이야, 그이나 내가 어찌 꿈에라도 생각하였을까?

나는 지나간 일 년 동안에는 나의 이상에 적합한 연인이라고는 한 사람도 없었다. 만일 있었다고 하면 나의 학창시대에 C란 청년이 있었을 뿐이다.

3.6 장롱을 배경으로 포즈를 취한 기생.
기생방의 모습을 유추해볼 수 있게 해준다.

그러나 그는 우리 집 아니 별안간 몰락지경에 이른 집안을 구하기 위하여 기생의 몸이 된 나를 비웃고, 다른 여자와 결혼을 하여가지고 동경으로 신혼여행을 떠나고 말았던 것이다. 그때의 나의 마음은 한량없는 무정과 쓸쓸한 허무에서, 아— 이 세상 남자들의 마음이란 모두 이런 것인가 하고 의심과 저주에 열이 바짝 올라, 끝없는 적막과 울분에서 그날그날을 보내게 되었다.

우리 집안을 구하기 위하여 기안妓案에 이름을 둔 단 일 년이 못되어서 나는 남들이 다 하는 가무를 모조리 배웠고, 따라서 옥련이, 옥련이 하고 금광원, 국취관으로 이른 초저녁부터 밤늦게까지 불려 다녔다. 그렇기에 돈도 돈이지만, 제일 무엇보다도 단잠 한잠을 잘 틈이 없었으나, 한번 몸담아 있는 이상 이것을 달게 여기지 않으면 아니될 운명인 것을 어찌하였으랴!

그날 밤 금광원에서 그이와 서로 만나 마음속에 숨어 있는 모든 비밀을 설파하고 말았다. 그리하여 시간이 흘러감에 따라서 두 사람 사이가 점점 가까워갈 뿐만이 아니라, 한 걸음 더 나아가서 마음과 마음이 극도로 열정을 다하게 되었을 때, 그이의 남성적인 그리고 그이의 모든 매력이 나의 쓸쓸하고 애수에 잠긴 마음을 명랑하고 유쾌하게 하여주는 그 힘에, 나의 마음 전부를 정복당하고 말았다.

그때에 나의 마음은 참으로 다각적이었을 뿐만 아니라 또한 색채적이어서, 그의 열렬한 사랑의 힘에는 차마 견딜 수가 없었던 것이다. 이리하여 그이와 나와의 사이에는 시간이 가고 날이 갈수록 열정의 도수는 맹렬하였다.

그러나 정열이 극도에 달하면 달할수록 두 사람 사이에는 차차로 커다란 고뇌가 심하여갈 뿐이었다. 그것은 서로 피치 못할 경제적 입장에서 나는 그이의 고뇌의 심리를 늘 살필 때마다 자책의 일념에 견디려야 견딜 수가 없었다.

그이는 잡지사의 학예부 책임을 맡아보는 문학적 재주를 가지고 있는 훌륭한 인격자였다. 그이의 나이는 이 세상의 모든 형편을 넉넉히 판단할 만한 삼십삼 세의 청년이었다. 그이는 나의 집에서 또는 요릿집에서 만나는 다른 손님들보다는 아주 예리한 열정의 소유자였다.

그리고 무엇보다도 나의 마음을 잘 이해하여 줄 뿐만 아니라, 매사에 있어 용서하는 점이 풍부한 그이였다. 그러므로 나는 그이가 나로 인하여 잠시라도 근심과 걱정하는 모양을 발견할 때마다(혹 그이의 마음이 상할까봐서 그런 걱정하는 빛은 좀처럼 보이지는 않지만), 나의 마음은 은근히 미안하고 아파서 참으로 견딜 수 없는 때가 한두 번이 아니었다.

이러한 고뇌의 시간이 오래 계속하게 되자, 우리 두 사람의 사정으로는 도저히 목포에 있을 수 없게 되었다. 그이의 주위 사정이라든가 또는 내 집의 사정을 보아서도, 일시라도 목포에 지체할 수가 없게 되고 말았다.

우리는 하는 수 없이 괴로운 목포를 벗어나기 위하여 두 사람의 모든 사정을 박차고, 가을비 내리는 그 어느 날 밤 목포항에서 부산으로 떠나가는 기선 가모메마루 이등실에 두 몸을 싣고 괴로운 목포를 등지려 했다.

가을비 내리는 고적한 여창旅窓 - 우리 두 사람의 그림자는 더한층 쓸쓸하게 비쳤다. 모든 것을 잊으려고 고요한 동래온천을 찾아왔건만, 고요하면 고요할수록 고뇌의 불꽃은 더할 뿐이었다. 괴로운 현실을 생각할 때 여창 가에 찬비에 섞여 힘없이 떨어지는 버들잎이 말할 수 없이 쓸쓸하게만 보일 뿐이었다.

물론 나 혼자서뿐만 아니었다. 그이도 나와 똑같은 느낌에서 그 순간을 애태울 뿐이었다. 그이는 나의 힘없는 손목을 꼭 쥐고 정열에 타는 눈초리로 나의 얼굴을 물끄러미 들여다보면서,

"옥련이, 우리도 이 현실고를 떠나서 아무 불평이 없는 저 나라로 갑시다!"

하고 그야말로 애원하는 듯이 나직한 목소리로 묻는 그의 두 눈에는 어느 사이인지 눈물이 그렁그렁하여 있었다.

그 당시에 나는 그이를 따라서 죽고도 싶었다. 그러나 죽는 그 용기를 가지고 이 세상과 싸운다면 못할 것이 없을 것이다 하는 힘 있는 생각에, 죽어버린다는 것이 얼마나 애석하고 어리석다는 것을 깨달았으므로, 이것을 도리어 반대하면서 그이가 회심하기를 강청하였다. 그러나 그이는 너무나 현실주의자였다. 그렇지만 두 사람이 마주앉아서 그렇게 열렬하게 이야기하여 보기는 아마도 그때가 처음이었을 것이다.

그 뒤 우리는 또다시 목포로 오게 되었다. 두 집에서 오라는 전

보가 성화 같아서 너무 묵어 있을 수가 없었기 때문에, 오기 싫은 목포였으나, 하는 수 없이 목포로 돌아왔다.

그러나 또 몇 달이 못되어서 우리가 백양사로 떠나온 그 어느 날 밤이었다. 나는 처음으로 그이의 입에서 모든 진정을 듣게 되었다. 그이에게는 사랑하는 처자가 있을 뿐 아니라, 그이의 부인 역시 그이를 잘 사랑하는 터이었다.

나는 이것을 알고 어찌하면 좋을는지 몰랐다. 차라리 동래온천 장에 갔을 때 그이의 말과 같이 죽어나 버렸더라면, 오늘에 와서 얼마나 행복이었을는지도 몰랐다. 그러나 오늘에 당한 그이의 마음과 나의 마음은 강해질 대로 강해졌다. 두 사람의 사랑은 떨어지려야 떨어질 수 없는 사이가 되고 말았던 것이다. 결국 그이와 나는 현실의 모든 고통과 그리고 경제적 모든 난관의 문제까지를 초월하고 말았다.

나는 꽃피는 사월에 병으로 입원하였다. 잎 푸른 오월 말에 퇴원하자, 그이와 한 가정을 가지게 되었다. 나는 입원하여 있는 동안에 그이에게 얼마나 미안하였는지 몰랐다. 나는 한 가정의 주부로서 꿈과 같은 그리고 자유로운, 상상키 어려울 만큼 행복스러운 마음과 마음의 생활이 시작되었다.

나는 나이가 가정적으로 보아서는 아직 연소하기는 하였으나, 친가에 있을 때 보아둔 그대로 모든 것을 처리하였을 때, 그이는 항상 웃는 낯으로 한 가정의 주부 노릇을 잘한다고 칭찬을 하여 주는 그 유쾌하고 기쁨에 넘치는 얼굴빛이 얼마나 행복스러웠는지 몰랐다. 그리고 나는 그이가 다정하고 유쾌한 얼굴로 대하여 줄 때마다 '삶'에 대한 애착이 더 강하여지며, 따라서 무엇이든지 한 가지라도 가정에 대한 것을 더 연구하고 싶었다. 그이가 낮에 잡지사에 나간 뒤에는 방안이 텅 비어서 나 혼자 있기는 너무나 쓸쓸하지만, 그이가 일찍 돌아올 때는 오히려 그 저녁이 무한히 행복스러웠다.

그이는 혹 외도와 술도 마시며 밤늦게 집에 돌아오는 때가 간혹 있지만, 나는 이런 것을 조금도 어떻게 생각지 않으며, 또한 생각하려고도 않는다. 혹 나의 주위 사정을 모르는 사람들은 옛날의 그 생활로 돌아오라고 하는 사람도 있었으나, 나는 벌써 그런 것을 잊어버린 사람이기 때문에, 오직 그이와 서로 사랑하고 서로 믿고 지내는 그것만으로 우리의 가정이 얼마나 행복스러운지 모른다.

그이와 나의 마음은 강철 이상으로 강하다. 오직 서로 믿고 양보하는 이 모든 이해성은 누구든지 따라오지 못할 것이다. 위에서도 말하였지만 그이가 술 마시고 밤늦게 새벽 세시, 네시에 돌아오는 때가 있으나, 나는 결코 냉정히 굴거나 성을 내어본 때는 한 번도 없었다. 오히려 남의 아내로서의 취할 바 그 도리만을 행하였을 때, 그이는 도리어 나의 행동에 감격을 느끼고 열정에 타는 눈으로 나의 얼굴을 갸웃이 들여다보면서, 그리고 나의 가는 허리를 꼭 끌어안고 술기운에 더워진 얼굴을 내 입에 꼭 대면서, 나의 마음을 위로해주는 그 순간이 나는 얼마나 행복스러웠는지 몰랐다.

오직 여자는 무엇보다 가정적으로 살아야만 된다는 것을 잊지 않은 까닭이라고도 볼 수 있다. 나는 남의 아내로서 이해, 양보, 그리고 진실성이 없는 그 가정은 언제든지 파멸을 못 면할 줄 믿는다.

'그렇게 고생만 하지 말고 도로 기생으로 나와서 호강을 하는 것이 좋지 않수. 공연히 고집만 피우지 말고, 살면 얼마나 산다구.'

하고 남의 속을 모르는 사람들은 다시 옛날의 생활로 도로 나오기를 권하는 사람들뿐이다. 그렇지만 우리의 한번 작정한 굳은 마음이 몇 만 년을 간들 변하지 않을 것을, 그런 말을 한다고 다 무슨 소용 있으랴!

언제든지 그이가 지성껏 나를 사랑하고 그리고 또 모든 것을 잘 이해해줌으로써, 비록 경제적으로는 곤란을 받을지라도 항상 변치 않는 그 아리따운 마음만은 한량없는 행복 속에서 살게 되는 것이다. 그럼으로써 우리의 행복은 어느 때까지든지 영원히 계속될 것을 나는 확신하고, 오히려 이것을 무한한 행복으로 믿고 기뻐할 뿐이다.

그리고 이제부터 우리 두 사람은 경우는 변한다 할지라도, 그 열정과 진심과 양해만은 영원히 변치 않으려고 한다. 오직 사랑하는 사람만이 그 굳은 의지를 힘있게 믿고, 또한 결합만 된다면 반드시 아름다운 행복의 꽃이 피리라고 나는 자신한다.

아, 과연 위대한 사랑은 모든 인류의 난관을 초월케 하고, 새로운 낙원을 건설케 하는 거룩한 광채이며, 무궁한 힘인 것을 그 누가 여기에 반전反戰하랴!

아, 작년은 참으로 우리에게 일생을 통하여 잊지 못할 영원한 행복을 지어준 해이다. 오, 젊은이들이여! 다 같이 이러한 행복을 맛보기로 하자.

4부

기생은
누구인가

최초의 단발랑

강향란

화류계에서 학창 생활로

시대가 변하고 사회가 변함을 좇아 구미각국에서 조수가 밀려들 듯이 도도히 흘러들어오는 사상은 조선 청년들의 머리를 이리흔들고 저리 흔들어, 요새 청년들의 마음은 실로 천태만상의 경향이 있다. 연애니, 여성 해방이니, 사회주의니, 무엇이니 하여 떠들고 야단치는 것도 실로 사회의 중대한 현상이거니와, 요새 경성 시내에는 어떤 여학생이 머리를 깎고 남자 양복에 캡 모자를 쓴 후이곳저곳으로 돌아다닌다고 하여 일반사회에서는 이야기의 꽃이피게 되었다.

과연 반만 년 옛날부터 조선 여자는 그의 머리를 여자의 면류관으로 알고 여자의 자랑거리로 알기 때문에, 산에 들어가 중 노릇을 하는 여자 외에는 머리를 깎은 여자가 한 사람도 없었다. 그러나 이 머리를 깎은 여자는 산에 들어가 중이 되기 위하여 머리를 깎은 것이 아니요, 자기의 어떤 주의와 어떤 이상을 위하여 머리를 깎은 것이라고 한다.

프랑스나 독일이나 기타 구미 각국에는 모든 것을 남자와 같이 살아보겠다는 의미로 머리를 깎고 남자의 양복을 입는 여자가 많이 있으나, 조선에서는 남자와 같이 살아보겠다는 어떤 주의와 이상을 가지고 머리를 깎은 여자는 이 여자가 처음이다. 그 여자는 과연 누구이며, 그가 머리를 깎은 이유는 과연 무엇인가?

그 여자는 원래 한남권번에 있던 강향란(22세)이라는 기생으로, 4~5년 전에는 경성 화류계에 이름이 높아서 화류계에 출입하는 남자로는 그를 알지 못하는 자가 없었으며, 그의 한 번 웃고, 한 번 노래하는 아양은 여러 풍류남자로 하여금 정신을 취하게 하였다. 그러나 그 여자는 비록 화류계에 몸을 던졌을지라도 사람으로 생긴 이상에는 다만 하루라도 사람답게 살고 의미 있게 살고자 많이 헤매었으며 많은 애를 썼다고 한다.

그러자 재작년 가을 어느 날 밤에 시내 모 요리점에서 어떤 청년 문사와 술을 마시고 달을 희롱하며 재미있게 이야기하다가, 마침내 그 남자와 장래를 언약하고 그해 11월에 기생업을 폐하였다. 이리하여 그는 자기의 장래에 많은 복이 있으리라고, 아름다운 꽃이 피리라고 고대하고 고대하면서, 시내 적선동에 사는 김모라는 남자에게 열심히 글을 배웠으며, 작년 9월에는 비로소 시내 누하동에 있는 배화여학교 보통과 4학년에 입학하였다.

그는 화려한 장래를 기다리는 마음에서 어디까지든지 열성과 부지런을 다하여 힘써 공부를 하였는데, 빠른 것은 세월이라. 그

해 가을에 붉었던 단풍과 내리던 눈이 스러져버리고 다시 새해가 와서 산과 들에 봄 기운이 무르녹는 새 학기를 당하여, 그는 우등 성적으로 그 학교 고등과 1학년에 진급하였다.

죽자 하던 한강 길도 허사, 삭발은 마지막 수단인가

배화여학교 고등과 1학년에 진급한 강향란은 더욱 가슴에 뛰는 기쁨을 이기지 못하여, 자기는 승리의 꽃이 만발하고 수정水晶의 시내가 흐르는 아름답고 어여쁜 벌판을 지나가는 행복한 사람이라고 하였다.

이리하여 그는 열심에 열심을 더하고 부지런에 부지런을 더하여 밤을 새워가며 힘써 공부를 하였는데, 어언간 산과 들을 곱게 단장하였던 꽃은 부질없이 불어오는 늦은 봄바람에 그만 애처롭게 떨어져버리고, 여름이 되어 이곳저곳에 푸른 물방울이 떨어질 듯한 녹음이 가득하게 되었다.

장래의 행복을 꿈꾸고 공부만 하기에 딴생각이 없었으나, 그러나 세상일이라는 것은 모두 마음대로 되는 것이 아니다. 평지에 바람이 불고 꽃봉오리에 미친 서리가 내리는 것은 세상에 흔히 있는 일인가 보다. 그에게는 꿈에도 생각지 아니하였던 무서운 벼락이 그의 머리 위에 떨어졌다. (그 내용은 특별히 쓰지 않는다.)

이것은 지나간 6월 11일의 일이었다. 그는 그날 오후에 시내 통의동 71번지에 있는 그의 주인집에서 대략 3시간 동안이나 그 집

최초의 단발랑

뒷문을 열어놓고, 인왕산 머리의 붉은 저녁노을을 하염없이 바라보며, 얼음과 같이 싸늘한 사회의 무정을 한없이 저주하고 한없이 원망하다가, 필경은 이러한 세상에서 눈물을 흘리고 한숨을 쉬면서 고생살이를 계속하는 것보다는 차라리 저세상으로 가는 것이 좋겠다고 생각하였다.

셰익스피어의 말과 같이 약한 자는 여자라. 돌연히 큰 변을 당한 강향란은 이후에는 다시 살아갈 길이 없으며, 또한 자기의 장래는 눈물과 한숨으로 채운 거친 벌판과 같다고 하였다. 이리하여 그는 마침내 죽기로 결심하고 그의 집주인인 김충자라는 부인에게,

"… 많은 사람에 대하여 한 푼의 공로도 갚지 못하고 슬피 세상을 떠나오니, 어찌 죽어 옳은 귀신이 되겠습니까? 그러나 박명한 사람은 이 괴로운 세상에서 더 살아 있을 수가 없사옵기로, 최후의 생명을 끊으려고 주인 문을 떠나옵니다. 그러나 부탁할 것은 식비는 우리 집에서 청장淸帳할 터이오니 염려 마시옵고, 나의 행장은 다른 사람이 손대지 않게 하고 나의 집에 보내주시옵소서. …"

이러한 유서를 써놓고 그날 오후 10시경에 강향란의 초췌한 그림자는 한강철교 위에 나타나게 되었다. 강향란은 한강철교 위에서 용용히 흐르는 푸른 물과 빛나게 반짝거리는 하늘의 별이며 무섭게 떠드는 경성 시가를 번갈아 보며, 눈물을 뿌려 자기의 치마를 쥐어가면서 무정한 세상을 몇 천 번 저주하다가, '에라! 세

상만사를 그만 단념하여버리자. 아! 나는 죽는다' 하고 치마를 쓰고 물로 뛰어 들어가려고 할 때에, 이는 하늘이 도와주심인지 그를 구원하는 신神이 뜻밖에 나타났다.

그에게 글을 가르쳐주던 김모라는 남자가 한강에 산보를 나왔다가 물로 뛰어 들어가려는 그를 보고, 마침내 그의 치맛자락을 잡아 필경은 그를 구원한 것이다. 그 사이에는 두 사람 사이에 눈물과 피가 맺힌 서러운 사정의 이야기가 있었다.

이리하여 구원을 받고 위로를 얻은 강향란은 그날 밤에 시내 청진동 141번지에 있는 자기 어머니의 집으로 갔고, 밤이 새도록 모녀가 목을 놓고 슬피 울었다고 한다. 그러나 이미 구원을 받은 강향란은 언제까지 울기만 할 수는 없었다. 그는 마침내 어떤 결심을 하였다.

나도 사람이며, 남자와 똑같이 살아갈 당당한 사람이다. 남자에게 의뢰를 하고 또는 남에게 동정을 구하는 것은 근본적으로 그릇된 일이다. 세상의 모든 고통은 자기가 자기를 알지 못하는 것에 있다. 나의 고통도 내가 나를 알지 못하는 것에 있다고 하였다.

이리하여 그는 남자같이 살아보겠다는 의미로 지나간 14일 (1922년 6월) 오후에 시내 광교에 있는 중국 이발원에서 머리를 깎고 남자의 양복을 입었다.(여자가 머리 깎은 모양은 그가 처음이므로 뭇 사람의 희롱과 동무들의 조소를 많이 받았다.)

배화학교에서는 머리 깎은 여자는 다닐 수가 없다고 퇴학을 시켰다.

4.1 단발하고 모자를 쓴 강향란.

학생으로 주의자, 지금은 신문기자

여자로서 남자로 차린 그는 서대문 안 정측강습소에 다니면서 자기의 힘으로 원수의 입에 풀칠할 준비를 하였다. 그리고 동경에 가서 외국어학교에 입학하였으나 별로 여망이 없으므로, 얼마 되지 아니하여 그는 다시 러시아 말을 배우려고 세계의 축도縮圖라는 별명이 있는 중국 상해로 떠났다.

황포탄 강물에 머리 깎은 얼굴을 비추고, 프랑스 공원의 꽃바람에 쓰라린 가슴을 부딪쳐 보매, 실뭉치같이 얽힌 그의 정서가 풀리기 시작하였던지 곧 돌아왔다.

하지만 1923년 10월 중순에 경성에 돌아온 강향란은 그의 아우로 남의 소실이 되어 있는 강선옥의 집에 기류 중이더니, 마침내 지난 12월 16일 양잿물을 먹고 자살을 하고자 하였다. 죽지 못하고 신고 중인 것을 즉시 세브란스 병원에서 치료를 받게 하였는데, 다행히 생명은 부지하였다. 그의 한 많은 반생의 역사가 그로 하여 죽음의 길을 취하게 하였던 것이다.

그 후에 그의 그림자가 서울에서 번쩍, 동경에서 번쩍 하며 여류 사회운동가로 한동안 세상의 호기심을 끌던 것은 최근의 일이다.

지금의 그의 소식은 아는 사람이 좀처럼 없지만, 팔방으로 쫓아다니는 기자의 눈에야 뻔히 보인다. 경상도 부산에 있으면서 어떤 신문사의 지국 기자로 붓을 들고 악착한 인생의 암흑면을 곧잘 그려낸다.

기생에서 배우까지 전6막

가끔가끔 심심하면 이야깃거리를 장만해주던 강석자(옛날 기명으로 강향란)는 영화 여배우로 지금 촬영 중에 있는 정기탁 감독과 이경손 감독이 공동 연출하는 새 영화 〈봉황의 면류관〉에 박래품 아주머니 역을 맡아 출연 중이라고 한다.

그런데 그가 이때까지 세상의 이야깃거리를 장만해놓은 프로그램 중 주요한 것만 추려 요점만 따놓으면 이러하다고 한다.

─당대의 유수한 기생으로 모 청년의 도움을 받아 기안妓案을 던지고 배화학교에 들어가 공부를 시작하던 '공부막'

─공부하던 중 1년이 못되어 실연 소동을 일으켜 한강에 투신소동을 하였던 '실연막'

─여자로 굵게 살자면 남자만 못하지 않아야 한다고 사회주의에 감염되어 머리 깎고 남복 하고 남학교에 출석하던 '단발 미인막'

─지금의 조선 여자에게는 꼭 세 가지 길이 있다고 하며, 한 길은 민족을 위하여 독립운동에 헌신할 길, 한 길은 기껏 춤추고 노래하며 질탕하게 놀아볼 길, 또 한 길은 자살할 길, 세 길밖에 없는데, 첫 길은 몸이 약하여 못 가겠고, 둘째 길은 이미 많이 가본 길이라 다시 갈 수 없고, 나머지 셋째 길을 찾는 수밖에 없다고 음독하고 자살하려다 못 죽고 살아난 '자살막'

─상해, 일본 등지로 무턱대고 돌아다니던 '방랑막'

─맨 끝으로 지금의 영화계로 나선 '배우막'

전후 여섯 막으로 나누었다고 한다.

당자의 의견을 듣건대,

"이번 일은 정기탁 외 몇 사람의 정으로 나갔고, 만들 영화가 계림회사의 것이 아니요, 정기탁 개인의 힘으로 만드는 것이라기에 그들을 돕기 위하여 원조로 출연한 것입니다. 아주 무슨 영화배우로 나간 것은 아니지요. 잠시지요. 그러나 마음만 내키면 이번 영화말고라도 출연하여 보지요. 실상은 누가 돈벌 것만 얻어 준다면 좋겠는데요."

하였다고 한다.

기생으로 이름이 높았던 강향란은 실연의 아픔으로 자살미수에 그친 다음, 주체적인 사람이 되겠다는 의미에서 단발을 단행하였다. 1922년 6월의 일로 우리나라 여성 가운데 최초의 단발이었다. 그 뒤 동경 외국어학교에서 잠시 공부하고, 러시아 말을 배우기 위해 상해로 건너갔다. 사회주의사상에 공명해 조선무산자동맹회에서 활동하고, 근우회에도 적을 두었다. 부산에서 기자 생활을 하는 한편, 정기탁 감독의 영화 〈봉황의 면류관〉에 출연하는 등의 다채로운 행보를 보였다.

이 글의 뼈대는 《동아일보》 1922년 6월 22일자와 6월 24일자에 실렸으며, 제목은 〈단발랑〉이다. 여기에 4회분의 후속 기사를 덧붙였으며, 일부 내용은 편집하였다.

4.2 기생들은 시대를 앞서간 신여성의 일원이었다.

독립운동가 되어
국경을 넘다

현계옥

백두산인

6년간 소식 없는 현계옥

물어주신 인물이 현재 해외에 있고, 겸하여 애쓰고 있는 일이 남보다 달라서 그에 대한 조사가 특별히 곤란하였을 뿐 아니라, 간신히 조사하여 얻은 자료에도 자유롭게 발표하지 못할 것과 거침없이 쓸 수 없는 사실이 여간 많지가 않습니다. 독자 여러분이 이 점에 대하여 깊이 양해하여주시기를 바라고 아울러 당자에게 당자의 정성을 그대로 소개하지 못하여 미안한 마음이 또한 적지 않다는 것을 전제 삼아 말하여둡니다.

소리와 산조 잘하기로 유명하고 춤과 가야금에는 대적이 없다고 하여, 당시의 풍류랑으로 하여금 허리를 못 쓰게 하던 당대의 명기 현계옥이 하룻밤 사이에 경성 화류계에서 그림자를 감추던 때는, 지금으로부터 6년 전 기미년 3월이었다고 합니다.

인기 많은 화형花形 기생을 잃어버린 화류 사회의 적막은 이에 새삼스럽게 말할 필요가 없겠지만, 평소부터 그의 행동에 주목을 아끼지 않던 경찰에서는 크게 낭패하여, 당시 그가 소속되어 있던 한남권번을 수색하는 한편으로 국경 각지에 전보를 하여 그의 체포를 의뢰하였더랍니다.

인도하는 사람은 있었다 할지라도 어린 두 동생을 데리고 자기의 뜻한 바를 위하여 표랑의 만 리 길을 떠난 그가 안동현을 거쳐 간신히 봉천까지는 갔으나, 일본 관헌의 탐지한 바가 된 줄을 알고, 중국옷으로 변장을 하고 귀를 뚫어 중국 여자처럼 고리를 걸어서 간신히 잡히기를 면한 일도 있었다고 합니다.

소란한 시국을 만나 총검이 어우르는 중국 천지를 헤매던 이용장한 여자의 6년간 분투사를 말하기 전에, 그가 화조월석花朝月夕과 금의옥식錦衣玉食의 구름 같은 호강을 떠나 피 흐르는 만주 벌판과 가슴 타는 상해 등지로 돌아다니면서 가지각색의 고생을 다하고도 때때로 남모르는 미소를 띠게 된 동기를 잠깐 말하여보지요.

그는 경상북도 대구 태생으로 어릴 때 가세가 어려워서 열일곱 살 때에 기생에 입적한 다음, 그의 특출한 천재로 인하여 얼마 되지 아니하여 대구의 명기라는 이름을 얻게 되니, 꽃을 찾아다니는 벌과 나비처럼 그를 찾는 남자들이 꼬리를 이어 그의 문간에 끊어질 사이가 없었더랍니다.

그때 모 유력가의 자질로 일찍이 경성, 중국 등지로 돌아다니면서 유학을 하던 현어풍(가명. 실제 이름은 현정건-편집자 주)이란 청년이 고향으로 돌아왔던 틈에, 여러 친구와 어울려 이름 많던 이 기생의 집을 한 번 찾아간 이후부터, 세상이 어떤 것인지도 모르고 자라나던 현계옥의 가슴에는 알지 못할 새로운 싹이 돋기 시작하여, 이름은 비록 동가식서가숙하는 기생이었으나, 고이고이 지켜오던 처녀의 정조를 그가 그리워하던 이 청년에게 바치고 말았더랍니다.

그 후 얼마 되지 않아 이 청년은 시국에 대하여 남다른 불평을 품고 혹은 중국으로, 혹은 러시아로, 혹은 일본으로 각지로 흘러다니게 되매, 나이 어린 그도 고향인 대구에서는 이 유랑의 애인을 자주 만날 기회가 적을 것을 알고, 숨은 한숨을 쉬고 다니는 청년들의 내왕이 빈번하다는 서울로 이사를 하여, 경성 화류계에 이름을 만들던 당시에 다동기생조합에 드니, 때는 바로 열아홉 살 되던 늦은 봄이었답니다.

기생과 독립운동가의 로맨스

그가 남보다 재주가 많은 만큼 그의 정열도 또한 남보다 뜨거웠다고 하니, 애인을 다만 몇 번이라도 더 만나보고자 하여 사고무친한 서울로 의지할 곳 없이 떠나온 것도 이상할 것이 없으려니와, 그가 처음으로 사랑한 청년 현어풍을 만나 애련의 정에 여지없이 끌리기는 하였으나, 그의 성이 자기의 성과 같이 현가이므로 할 수 없이 '오빠'라고 부르기를 시작하였던바, 나이 어린 현계옥의 요염한 태도와 목목한 향기가 젊은 현어풍으로 하여금 '오빠'라는 말에 만족을 느끼지 못하게 하였던지, '오빠'라고 부르지 못하도록 호령을 하여두었으나, 남자측 가정에서는 기생과 친하면 못 쓴다고 현어풍의 행동을 엄중히 감시하고, 여자측 가정에서는 돈 없는 현어풍과 가까이할 필요가 무엇이냐고 야단을 하여, 이 젊은 두 남녀의 그리운 사이에는 이해 없는 친권이 사정없는 철퇴를 들고 휘두르기 시작하였더랍니다.

그러나 젊은 남녀의 사이에 타오르는 사랑의 불꽃은 완고한 부모의 몇 마디 책망이나 억울한 방죽으로 꺼질 바 아니니, 뜻대로 속살거리지 못하게 하고 마음대로 만나지 못하게 하는 장애는 오히려 타오르는 불꽃에 기름이 되어 모든 것을 태워버리기 시작하매, 현계옥은 기생 생활을 저주하며 자기의 박명을 한탄하던 나머지, 신경쇠약에 걸려 밤잠을 못 자고 신음하는 몸이 되었더랍니다.

그리운 사람을 만나보려고 밤낮으로 애를 썼으나 독살스러운 어미의 눈이 무섭고, 남의 일이라면 공연히 빈정대기 좋아하는 세상의 이목이 두려워서, 그의 집에서 십 리나 되는 영찬못이라는 연못가에서 밤마다 시간을 정하여두고 보고 싶은 사람을 찾아 그의 애타는 마음을 눅였다고 하니, 그들의 한 번 포옹에 얼마나 힘이 들었는지 알 수 있을 것입니다.

그가 이렇게 그리워하던 현어풍은 얼마 되지 않아 중국 상해로 들어가서 어떤 이탈리아 신문의 기자로 있게 되매, '날 데려가오' '잠깐만 더 기다리오' 하는 편지가 넓은 황해 바다를 덮을 만큼 끊일 사이가 없이 오고가고 하였던 것은 상상으로도 알 수 있는 것이니 그만큼 하여두고, 다동권번에서 차차 예명을 떨치게 되던 이야기나 잠깐 합시다.

그는 조합에 들어온 지 얼마 되지 않아 몇몇 동무와 더불어 한 남기생조합을 새롭게 창설하여, 자기 뜻대로 하고야마는 성격을 발휘하였더랍니다. 기생 생활을 하는 그의 집에는 날마다 밤마다 풍류 많은 남자들이 모여들던 중, 당시 재산 많고 돈 잘 쓰기로 유명하던 전라북도 옥구군 전모라는 청년이 이 이름 높은 기생에게 마음을 두기 시작하여, 같이 한 번 살아보았으면 죽어도 원한이 없겠다고까지 애원을 하였으나, 멀리 있는 뜻 맞은 남편을 잊어버리지 못하여 항상 그의 간청을 거절하여오게 되매, 이에 실망하던 전모는 같은 현가玄哥끼리 살면 자가玆哥가 된다고 비꼬기까지 하였다는데, 이에 대하여 구변 좋은 그는 현가와 전가田哥가 같이 살면 축가畜哥가 된다고 거절하였다는 우스운 소리도 있습니다.

애인보다 동지로

이 계속되는 기사는 이제부터 가장 쓰기 어렵고 가장 발표하기가 곤란한 지경으로 들어갑니다. 그만큼 이 기사를 쓰는 기자의 고심이 여간하지 않으니, 이는 사건이 복잡하고 붓이 따르지 못하여 그런 것이 아니라, 사실을 사실대로 그릴 수가 없는 까닭입니다.

아시는 분은 다 아시려니와, 현 여사의 6년간의 생활을 쓰려면 적어도 조선을 중심으로 한 최근의 내외 사정이 중심사실이 되지 않을 수 없으니, 이만큼 이 기사의 내용과 정신이 단순한 현 여사의 내력이 아닙니다. 기사 가운데 슴슴하고 애매한 구절이 있거든, 그런 구절일수록 더 유의하여 읽어주십시오.

이렇게 주야로 그리운 애인의 반가운 소식만 손꼽아 기다리고 있던 현계옥에게, 한편으로는 여러 풍류랑의 젊은 호기심이 침범하기 시작하여 돈으로, 말로, 편지로 갖은 수단을 다하여, 눈물 많은 그를 흔들어보고자 하는 사람이 한둘이 아니었답니다. 하지만 그는 일일이 모두 거절하여버리니, 쉽지 않은 일을 더 하고 싶어하는 사람들이 아무도 못 가지는 이 값비싼 기생의 마음을 따보려고, 서로 경쟁 삼아 갖은 희활극을 연출한 일도 많았다고 합니다.

그러나 그는 날이 가고 달이 바뀔수록 뼈끝에 사무치는 기생 생활의 설움을 참아가며 멀리 있는 남편의 성공만 바라고 기다리던 중에, 간혹 자기 남편의 소식을 가지고 압록강을 건너오는 청년이 있으면, 힘과 정성을 다하여 해외에 표랑하던 그들의 심정을 위로하였더랍니다.

그 당시 중국으로 다니던 활발하고 말 잘하는 청년들과 자주 사귀게 된 현계옥은 모든 중국 형편을 묻던 중에, 중국 제2혁명 시대의 유명한 쾌남아 황흥黃興 씨의 사적에 말이 미치게 되고, 천진 기루妓樓의 기생으로 뒤에 여자 혁명결사대를 통솔하여 이름을 일세에 떨치던 정추진 여사의 용장한 행적을 듣게 되매, 그는 은근히 자기의 처지와 정여사의 과거를 비교해보며, 언제나 모욕의 시선을 몸에 받고 쓸쓸한 앞길만 바라보던 그의 눈에 새로운 광명이 빛나고, 얼굴 근육이 움직여 남모를 결심의 기색을 드러내었다 합니다.

그가 뒤에 모든 것을 헌신짝같이 던져버리고, 여자로서는 듣기만 하여도 소름이 끼친다는 험난한 만주 벌판을 향하여 표연히 떠나던 결심은 실로 이때에 한 것이라 합니다.

이렇게 저렇게 흐르는 세월이 고적한 그를 스무 살 겨울 고개에 옮겨다놓았을 때에야, 그의 일각이 여삼추로 기다리고 있던 남편 현어풍이 자기 친구 박세봉(가명)과 같이 어떤 계획을 가지고 몰래몰래 서울로 들어오게 되었으나, 숨어 다니는 몸이 되어 그랬던지 그가 온 지 4,5일 만에야 계옥의 집 문을 두드렸답니다. 그때 두 사람의 반가워하던 광경은 이 글을 쓰는 기자가 보았다고 할지라도 무슨 재주로 그려내겠습니까? 그럴 듯하게 짐작하여두십시오.

애타게 그리던 남편을 만난 현계옥은 그 남편의 계획을 알고자 주야로 졸랐으나, 정세한 현어풍이 여러 동지와 경영하는 중대한 경영을 일개 여자에게 알게 할 수 없다 하여 끝끝내 비밀을 지키는 것을 보고, 그는 비로소 자기의 가슴을 젖혀 사랑하는 남편에게 앞일을 말하는 동시에 그 결심을 이루기 위해 하여오던 모든 준비를 보이고, 다만 애인으로 혹은 한 개의 여자로만 자기를 사랑하지 말고, 같은 동지로까지 친하여 달라고 애원하였더랍니다.

4.3 황금정 승마구락부에서 말을 타고 있는 한남권번 기생들.
오른쪽이 현계옥, 가운데는 정금죽.

의외의 곳에서 이 반가운 동지를 얻게 된 현어풍의 기쁨도 기쁨이려니와, 그의 여러 동지들도 이 색다른 일꾼을 새롭게 얻은 것을 매우 기꺼워하여 장차 올 시국의 변동을 서로서로 토설하며, 사람이 많이 다니는 기생집에 오히려 경찰의 주목이 적다 하여 당시 인사동에 있던 그의 집에 모여 모든 것을 의논하게 되매, 지나가는 사람이 손가락질하고 다니던 기생집이 완연히 연나라, 조나라의 슬픈 노래를 부르고 다니던 사람들이 모이던 극맹劇孟의 집처럼, 인사동 거리에는 얼굴에 핏기 있는 청년의 내왕이 빈번하였다고 합니다.

기미년 3월 국경을 넘다

그가 이렇게 남모를 경영을 하고 속 다른 배포를 차릴 때에, 기생은 돈만 가지면 언제든지 볼 수 있다는 것을 철칙으로 믿던 여러 오입쟁이는 이틀 전, 사흘 전에 각 요릿집으로 그를 불러 달라고 의뢰를 하여, 현계옥의 집에는 요새 소위 지휘라는 것이 3,4일 전부터 와서 쌓였다고 합니다. 하지만 자기 남편이 중국 길림에 근거를 둔 어떤 비밀결사의 단장인 것을 알고, 자기의 몸이 또한 이제부터는 돈에 팔려 다니는 기생 몸이 아니라 하여, 여러 가지 핑계로 놀음에도 잘 나가지 아니하였습니다.

노래에는 거칠 것이 없고, 72가지 춤을 출 줄 안다고 하며, 한문 알고, 글씨 잘 쓰기로도 당시의 기생에 대적이 없었다는, 특히 말 잘 타기로 유명한 이 기생을 아무리 애를 써도 보지 못하던 풍류객은 애가 탈 대로 타서, 심지어 황금정 승마구락부에서 남자처럼 승마복을 입고 말 타는 그를 찾아다닌 일까지 있었다고 합니다. 말이 났으니 말이지 그가 남복을 입고, 모자를 눌러 쓰고, 키보다 높은 말 위에 앉아 살같이 달리는 늠름한 모양은 완연히 여장군의 풍도가 있었다고 합니다.

그해 겨울을 이래저래 보내고 이듬해 그가 스물한 살 때, 봄빛이 소조한 들판을 찾아 쌓인 눈을 녹이고 앙상한 나무에 새움을 돋게 하던 기미년 2월에, 프랑스 파리에서 구주 대전(제1차 세계대전-편집자 주)의 강화회의가 열리고, 이태왕(고종-편집자 주)의 붕어로 서울 천지에 풍운이 건들거리던 것은 세상이 다 아는 바이거니와, 몰래몰래 가산을 정리하여 길 떠날 준비를 마친 현계옥은 그의 동생 계향, 월향과 그 오라비 현수명 내외를 데리고 3월 어떤 날을 기다려 정든 고향을 떠나고자 하던 중에, 같이 가려던 남편 현어풍이 경찰에 잡혀 유폐의 몸이 되고 말았더랍니다.

그의 실망과 초조는 여기에 쓰지 않아도 짐작하실 줄 믿습니다만, 적막하던 천지에 선언서가 날고 만세소리가 터지게 되매, 이에 실색한 경찰이 어느 여가에 이 한 개의 기생 몸을 감시할 수가 있었겠습니까?

잡혀갔던 현어풍이 얼마 되지 않아 무사히 나오게 되던 때는 젊은이, 늙은이, 남자, 여자 할 것 없이 모두 만세를 부르고 경찰서로, 감옥으로 잡혀가던 3월 중순경이었다고 합니다.

그는 밤을 새워 그의 남편과 함께 잡히지 않고 교묘히 강을 건널 수 있는 방법을 의논하고, 중국에서 만날 약속을 한 후 남편이 지시하여주는 이모란 청년의 뒤를 따라 일행과 함께 정든 고국을 등지고 낯선 남의 땅으로 발을 옮겼다는데, 안동현에서 이틀 밤을 자고 봉천에 이르러 황사후루라는 곳에서 보름 동안이나 있다가, 일본 관헌의 주목이 심하고 그를 알지 못하는 여러 청년들이 그의 행색을 의심하기 시작하는 눈치를 채고는, 북류어화원이라는 곳으로 옮겨서 남편이 찾아오기를 기다렸다고 합니다. (이렇게 떠날 때에 어떤 동무의 이서로 어음을 발행해 많은 돈을 가지고 갔다는 말도 있습니다만, 그것은 그만둡니다.)

애인이요 겸하여 동지인 그를 친구에게 부탁하여 먼저 떠나보낸 현어풍은 무슨 운동비를 다소간이라도 만들어가지고 뒤를 따라 곧 떠나고자 하였으나 그것이 여의치 않게 되고, 그에게 5만 원의 운동비를 제공하겠다고 하던 모 부호로부터 손모라는 청년이 먼저 3만 원을 받아가지고 가버렸다는 소식을 듣게 되자 실망이 극도에 달하였으나, 그대로 앉아 있을 처지도 아니요, 겸하여 운동을 빙자해 3만 원이란 거액을 가지고 간 손모의 행동도 감시를 해야 되겠다 하여, 그는 친구 박세봉과 같이 구속 많던 조선 천지를 벗어나서 우선 자기의 근거가 다소간이라도 있는 길림으로 갔다고 합니다.

그리하여 봉천에 있는 현계옥에게 오라고 통지를 하는 동시에, 이로부터 훈련 동지의 첫 활동을 시작하려고 모든 준비를 정돈하였답니다.

송화강변의 가야금 소리

그 당시 길림에는 기미년 전해에 조선을 떠나 중국으로 들어간 김원봉, 김좌진, 홍범도 등이 있어서, 의열단, 광복단 등을 조직하고 각종 기관을 만들어 내외의 연락을 도모하고 동지를 모집하여 무기를 구입하는 등 과격한 운동을 하던 중이었는데, 남편의 부름을 받아 만주 벌판에서 가장 산수가 가려하다는 이 길림에 이른 현계옥은 예전 혁명전기 중에서나 보던 이러한 인물들과 서로 만나게 되매, 그가 지금까지 사귀어오던 값없는 사나이들과는 비길 바가 아니라 하여 힘껏, 정성껏 그들의 일을 돕는 한편으로, 그 남편 현어풍과 단란한 가정을 이루어 지내보고자 하였더랍니다. 그러나 의심 많은 세상과 시기 많은 사람들이 여사의 뜨거운 심정을 알아주지 못하고, 오히려 별별 꿈에도 없는 소리를 많이 지어냈더랍니다.

그리하여 부모처자를 이별하고 정든 고토를 떠나서 오직 자기들이 희망하는 일을 위하여 활동하던 피 많은 청년들이 이 근거 없는 소문과 여사의 과거를 듣고는, 요망한 여자를 거저 들일 수 없다 하여 여사의 집을 습격까지 한 일이 있었다고 합니다.

보통 여자 같으면 이에 실망을 하여 그에게는 환락의 세계인 서울로 향하여 발길을 돌렸을지도 모를 것입니다만, 그는 더욱 자극을 받아서 여러 가지 방법으로 자기의 결심을 표명하는 동시에, 이들 청년의 고달픈 심령을 위로하고자 그가 떠날 때 모든 것을 다 버리면서도 허리를 꺾어서야 겨우 가지고 가게 된 가야금을 송화강변 고요한 달 아래서 탄 일도 여러 번 있었다고 합니다. 여사의 이 득의의 가야금에서 나오던 웅장한 선율이 능히 그들 젊은이들의 피를 끓게 하였다 하여, 뜻은 다르지만 애련한 음조로 능히 적군을 흩어지게 하던 장량의 옥퉁소에 비겨서 말한 사람도 있었다고 합니다.

이리하여 만주 사회에서도 차차 여사의 정성을 알게 되고, 여사의 활동하는 범위도 점점 넓어져서 신생의 희열을 맛보며 지사의 생애에 들어가게 되었을 때에, 데리고 갔던 오랍동생이 아이를 낳게 되어 조선으로 내보내고, 월향은 머리를 깎고 중국옷을 입혀 계향과 같이 데리고 장춘으로 나오게 되었더랍니다.

무슨 까닭으로 길림을 떠났다는 것은 여기에 쓸 수 없습니다만, 여사의 6년간의 해외 생활 중에 이 장춘 생활이 가장 곤란하였고 비참하였다고 합니다. 이 곤란한 생활 중에도 길림, 장춘 등지에 소문이 많은 의열단에 가입할 결심을 하고, 그 단장 김원봉을 만나보려고 많은 애를 썼다고 합니다.

뒤에 그가 의열단 가운데 오직 한 사람의 여자가 되어 남자에게 지지 않는 활동을 하게 된 것이 이때 한 결심이랍니다. 그리고 그에게는 지금도 직예성장을 죽이려고 폭탄을 안고 들어가는 정추진 여사의 사진이 보관되어 있다고 합니다.

의열단에 가입하다

험난한 벌판에서 바람을 따라 표랑하는 여사의 신세이니, 북국의 눈보라가 뼈끝까지 침범하고 여러 날 굶주림이 창자를 마르게 하던 장춘 생활을 뒤로 하고, 이듬해 봄에 상해로 향하여 떠났더랍니다. 운동의 중심이 차차 상해로 몰리고 큰돈을 들고 횡령하여 달아났다는 손모의 자취가 천진, 상해 등지에 있다는 소식을 듣고, 일자리를 위하여 찾아간 것이랍니다.

번화한 세계요 화려한 도시인 상해는 상당히 여사의 눈을 놀라게 하였겠지만, 여사는 자기가 희망하는 일을 위하여 먼저 배워야 되겠다는 생각으로 원래 영어를 잘하는 그 남편에게 영어 공부를 시작하는 한편, 때때로 열리는 거류 동포 음악회에 출연하여, 곁에서 들으나 멀리서 들으나 다름이 없다는 유명한 소리를 하고, 듣는 사람의 심금을 움직인다는 가야금을 타서 비분을 품은 여러 동지의 수심 많은 심령을 위로하였더랍니다.

이러는 동안에 만나고자 하던 김원봉을 만나 의열단의 한 분자로 일을 시켜달라고 간청하였으나, 그는 처음에는 들은 척도 하지 않다가, 뒤에 이르러 그의 요구가 여자의 한때 허영심에서 나온 것이 아님을 알게 되어, 우선 내용을 알려고 하지 말고 시키는 대로 하겠느냐는 다짐을 받은 후에, 폭탄을 제조하는 법과 육혈포 놓는 법을 가르쳤다고 합니다. 상해 신공원 사격장에서 흰옷 입은 여사가 단총을 들고 열심히 공부하는 모양을 보고는, 외국 사람도 놀라지 않은 사람이 없었다고 합니다.

그 후 시국이 어떻게 변하여나가고 그들의 활동이 해외나 내지에서 어떠하였다는 것은 여기에 쓰지를 못합니다만, 그의 특출한

4.4 가야금을 연주 중인 현계옥.

천재는 얼마 되지 아니하여 영어도 상당히 알게 되고, 사격법도 남에게 지지 않을 정도에 이르렀습니다. 여사는 지나간 과거의 쓰라린 기억을 회상하고 앞으로 해야 할 중대한 활동을 헤아리면서, 저녁노을에 정신없이 앉아 있을 때도 한두 번이 아니었다고 합니다.

황포탄 강에 배를 젓고 제스필 공원에서 말을 달리어, 얼른 보기에 여자라고는 상상도 못하게 하는 여사는 때때로 여자다운 꾀가 교묘하였습니다. 어느 때는 천진에 있는 폭탄을 상해로 가지고 오고자 하나 관헌의 주목이 심하여 뜻을 이루지 못하고 초조해하다가, 여사가 양복을 입고 폭탄을 가지고 단신으로 배를 타고 상해로 돌아가던 중에, 관헌의 취체가 있을 때마다 알지 못하는 서양사람 옆으로 가서 공연한 이야기를 끄집어내어, 남이 보기에 부부가 여행하는 모양을 꾸며서 무사히 운반한 일도 있었다고 합니다.

풍속이 다르고 말이 다른 남의 나라에서 그들이 아침저녁으로 변장을 하여가며 얼마나 신출귀몰하게 비밀한 활동을 해나갔는지, 그 광경은 상상으로도 능히 알 수가 있지 않습니까?

그 후 여사는 그 남편과 같이 상해 프랑스 조계 망지로라는 곳에 있으면서, 그 동생 계향과 월향을 조선으로 내보냈다고 합니다. 계향은 앞의 박세봉과 같이 일본에서 공부를 하는 중이요, 월향은 실업가 김백달(가명)과 살림을 하는데, 요새 시내 태평동 어떤 여관에 있다고 합니다.

여사는 여전히 상해에 있다는데, 그동안 고려공산당 일에 관련이 많던 그 남편 그리고 윤자영과 더불어 여전한 활동을 하는 한편, 영어 공부를 의연히 계속하여 지금은 웬만한 소설은 넉넉히 볼 수 있다고 합니다. 무슨 기념일이나 축하식 같은 곳에서 간혹 여사의 음악을 들을 수도 있다는 소식을 붙여두고, 여기서 지루하던 붓을 놓아버립니다.

풍류가무에 뛰어났던 대구 기생 현계옥은 손님으로 온 독립운동가
현정건을 만나 새로운 삶의 길을 걷게 된다. 1919년 봄 21세 때 만주로
망명하였으며 의열단에 가입해 항일무장투쟁에 종사하였다.
1928년 현정건이 옥고의 후유증으로 병사한 다음 모스크바로 가
공산대학을 졸업하였지만, 그 후의 소식은 알 수 없다.
현계옥은 김지운 감독의 영화 〈밀정〉 여주인공의 모델로 알려져 있다.
《동아일보》 '독자와 기자' 난에 "일시 경성 화류계에 이름이 있던 현계옥은
남다른 뜻으로 상해에 갔다더니 그 뒤에 어떻게 되었는지요?"라는
독자의 물음에 백두산인이라는 필명의 기자가 답변하는 형식의 글이며,
〈6년간 소식 없는 현계옥 내력〉이란 시리즈 제목으로 6회에 걸쳐 실렸다.

독립운동가 되어
누경을 넘다

돈보다 사랑,
목숨보다 사랑

강명화

청의처사

네흘류도프는 서쪽 나라 러시아의 공작이요, 장병천은 동쪽 반도의 백만장자 장길상의 외아들이다. 둘이 다 사랑 때문에 죽었다. 사랑 때문에 불나비 모양으로 짤짤 끓는 등불 속에 제 몸을 부딪쳐 까맣게 타 죽은 것이다.

실로 강명화의 죽음같이 새벽빛 솟아오를락 말락한 그 당시 조선 사회에 놀라움을 준 일이 없었다. 강명화는 '돈보다 사랑! 목숨보다 사랑!'이란 '러브 이스 베스트'를 대담하게 실천한 처음 여성이었다.

"아씨 겝시오?"

하고 인력거꾼이 문간에서 부르는 소리가 났다. 방안에는 화초병풍 두른 속에 방금 머리에 빗질하고, 아미를 그리고, 연지 찍은 명기 강명화가 손에 묻은 분물을 씻으며 막 화장을 끝내고 앉은 참이다.

"난 저 소리 참 듣기 싫어요. 어릴 때는 술 따르고 노래 부르고 엄벙덤벙 지내왔지만 인제 정말 싫어요. 된 녀석 안된 녀석들이 오너라 가너라 하고."

중얼거리며 아미를 찡그리는 것을,

"미안하이. 아버님 완고가 풀리시기만 하면 이렇게 고생 시킬 리 없으련만…. 내 마음이야 변할 리 있겠소. 아마 그대가 내가 인제 냄새도 나고, 새 사람 얻어 신정을 둔 데 있어서 그러는 게지."

하는 것은 곁에 마주앉은 그의 애인 장병천이라.

"에그, 선생님두. 내 마음을 몰라주십니다 그려. 시원히 베어드리지요."

곁에 있던 가위를 들어 삼단 같은 머리를 싹둑싹둑 잘라버렸다. 금시에 지장보살같이 단발 여인이 되었다.

"이거 여보, 웬일이요? 여자에게 머리카락은 목숨인데."

하고 황급히 말리려 하였으나, 그때는 이미 중머리가 된 뒤라. 제 머리 모양을 거울에 비추고 보던 명화는 그만 방바닥에 엎드려 울었다. 병천이도 따라 울었다.

겨우 십여 년 전이라, 당시 서울 장안서 평양 기생 강명화의 이름을 웬만한 풍류객치고 모르는 이가 없었다. 어글어글한 두 눈, 불이 붙는 듯한 분홍빛 입술, 빚은 듯한 상큼한 코….

게다가 소리 잘하고, 춤 잘 추고…. 더욱이 제 마음속에 근심이 가득하매 저절로 엉키어져 그 수심이 노래로 화함인가, 〈수심가〉한 곡조와 〈배따라기〉한 마디는 평양 기생 3백 명 중 으뜸간다 하였다.

그러나 미인 강명화의 이름이 높아진 것은 단순히 춤이나 노래나 그 용모에 있지 않았다. 실로 그는 옛날의 이땅 고려 명기가,

솔이 솔이라 하니 무슨 솔로만 여기는가

천인千仞 절벽에 홀로 선 낙락장송이라

길 아래 초동樵童이야 걸어볼 줄 있으랴

하던 시조를 애송하느니만치, 목숨으로써 절개를 지켰다. 강명화를 보고 싶어 따르는 많은 남성 중에는 2만, 3만 하는 돈을 언제든지 내어던질 부자들도 있었고, 무슨 회사 사장 하는 지위와 명예 있는 분도 많았으나, 명화는 비록 몸은 기적에 두었으되 사랑하는 그 오직 한 분을 만나기 전에는 절개를 지키기로 맹세하였다. 이 소문이 퍼지자 명화의 사랑을 구하려는 탐화봉접探花蜂蝶의 무리는 더욱 많았다.

그래서 한편으로 오만한 년, 독한 계집 하는 욕도 들어가면서 모든 구애자를 물리쳐 오다가, 나중에 만난 이가 대구서 수백 간 줄행랑 있는 큰 성 같은 집을 쓰고 살다가 서울 노량진에 옮겨 살던 영남 갑부 장길상의 외아들 장병천이란 청년이었다.

그러나 부자치고 인색치 않은 이가 없지만, 그때의 장길상은 사회에 학교 하나, 도서관 하나 기부한 일이 없을뿐더러, 제 자식에게조차 용돈이나마 넉넉히 주지 않았다. 더구나 병천이가 기생첩을 얻었다는 소문이 들리자, 그제는 아들을 집안에 가두어두고 외출을 엄금하였다.

이 완고하고 몰이해한 공기 속에 갇혀 있게 되자, 둘은 자연히 이 속박을 빠져나가 너르나 너른 자유스러운 천지로 훨훨 날아가

보고 싶어했다. 더구나 사람이 큰 인물이 되자면 학문을 닦아야 하는데, 장병천은 아직 젊은 20대의 청년이 아닌가. 강명화의 소원은 오직 그 애인을 공부 시키고 싶음에 있었다.

그래서 둘은 서로 상의해 같이 동경에 유학하기로 결심하였다. 명화는 제가 지니고 있는 금비녀며 은가락지를 모두 팔아 돈 3백 원을 만들어 쥔 뒤, 이것을 여비로 하여 가지고 동경으로 떠났다.

둘은 비로소 아사쿠사에 어떤 집 이층을 빌려 자취하면서, 병천은 어느 대학 예비과를 다니고, 명화는 동경 우에노 음악학교에 입학할 준비로 영어를 배우기로 하였다. 이때의 둘의 가슴에는 미친년놈 하고 비웃던 세상을 승리자의 기쁨으로 다시 한 번 돌아보고 싶은 생각이 불같이 탔다.

이 동안 그 아버지 장길상으로부터 처음 몇 달은 매달 30원씩 학비가 왔으나, 기생과 같이 가 있다는 소문이 들리자 그제부터는 학비가 중단되었다. 그래서 백만장자의 외아들은 결국 만리타향에서 한 공기의 밥조차 얻어먹을 길이 없었다. 그래도 명화는 낙심하지 않고 서울 전동에 있는 자기 어머니에게 서울 집을 팔아 돈을 보내라 하여 돈 몇 백 원을 얻어 쥘 수 있었다.

하루는 동경 가 있는 조선인 유학생 여럿이 장병천을 찾아왔다.

"우리는 모두 노동을 하면서 공부하는데, 너는 백만장자 아비를 둔 탓으로 기생첩 데리고 놀러 와 있단 말이냐. 너 같은 놈은 우리 유학생계의 치욕이다."

이래서 "그놈 밟아라, 그년 때려라" 하는 소리와 함께 바야흐로

큰 난투가 일어날 판이었다. 이때 명화는 칼을 들어 제 손가락을 탁 잘라 선지피를 뚝뚝 흘리며,

"여러분, 나는 떳떳한 장씨 문중의 사람이며, 우리도 고생하면서 여러분과 같이 학문을 닦는 중이올시다."

그 추상 같은 언사와 붉은 피를 보자 학생들은 모두 도망하였다. 그러나 그 뒤 며칠 지나자, 이번에는 병천이와 명화를 조신하도록 제재해주자는 공론이 비밀스레 유학생 사이에 돌고 있는 것을 눈치 챈 둘은 이대로 있다가는 생명이 위태할 것을 직감하고, 야밤 도망꾼 모양으로 동경역에서 기차를 타고 서울로 돌아왔다.

그 사이 명화는 행여나 그 부모의 마음을 돌려볼 마음으로 외몸으로 궁궐 같은 장길상의 집에 뛰어들어도 보았으나, 결국 쫓겨나고 말았다. 이제는 온갖 길이 모두 막혔다. 가졌던 금은 패물도 모두 팔아버렸고, 집칸마저 없었으며, 백만장자의 외아들이건만 단 일이십 원을 변통할 길이 없이 모두 다 막히었다. 그러나 조반석죽으로라도 지내자면 지낼 길 없는 바 아니었다.

다만 원통한 것은 두 사람의 진실한 사랑을 유희와 같이 깔보는 그 부모와 세상이라. 일이 여기에만 그쳤다면 세상에 흔히 있는 남녀정사의 한 대목에 지나지 않았을 것이나, 애인을 출세시키고 싶은 불 같은 마음에 명화의 가슴에 떠오르는 한 가지 빛이 있었다.

'나만 없으면 그분은 부모의 사랑을 다시 돌릴 수 있고, 그리하면 유여한 가산으로 학문도 충분히 닦아 사회에 윗사람이 될 수

있으리라.'

'그러나 나만 없어지려면 어떻게 할까. 소설에 있는 모양으로 아라비아 사막으로나 몰래 가버릴까. 그렇지 않으면 일부러 딴사람에게 정이 생긴 체하고 내가 미친년, 절개 없는 년이 되어버릴까…'

여러 날 망설였다. 괴로워하였다. 아침마다 베개가 눈물에 젖은 것을 보고 그 어머니는 근심하였다. 모든 결말은 왔다.

명화는 몸이 아프니 함께 온양온천에 가서 며칠 두류하고 오자고 졸랐다. 떠날 때에 생후 처음으로 옷감 한 벌과 구두 한 켤레만 사달라고 졸라서, 서울서 온양 갈 때에 애인 병천이 주는 옷과 애인이 주는 구두를 신고 떠났다.

그날 밤 온천의 조용한 방 속에선 일대명기 강명화가 애인의 무릎을 베개하고 독약 마신 몸을 가로눕히고 있었다. 마지막 유언은 이랬다.

"제가 죽었으니 이제는 부모님께 효성하고, 다시 사회의 큰 인물 됩소서."

독약 마신 줄을 안 장병천이 아무리 의사를 부른들, 이미 저세상에 간 영혼을 다시 불러올 도리야 있었으랴.

며칠 뒤 서울시 시구문 밖 수철리 공동묘지 한 모퉁이에는 애끓는 인생 스물세 살을 일기로 한 많은 세상을 떠난 강명화의 오척 여윈 몸이 묻혔다. 그 앞에는 언제까지 떠날 줄 모르고 엎드려 우는 그의 애인 장병천이 있었다.

4.5 강명화의 정사사건은 당시뿐 아니라 한참 시대를 내려온
다음까지 반복해서 소설, 영화, 노래로 만들어졌다.

4.6 자살로 삶을 마감한 비련의 주인공 강명화.

각 신문에는 이 사실이 로맨스 섞인 필치로 심히 슬프게 나서 많은 사람들은 남몰래 동정의 눈물을 뿌리었고, 더구나 여류평론가 나혜석 여사는 장삿날 《동아일보》에다가 〈강명화의 자살에 대하여〉란 제목 아래 다음과 같은 글을 발표하였다.

"기사를 보면 그는 장씨에게 이렇게 말을 하였다고 한다.
'나는 결코 당신을 떠나서는 살아 있을 수가 없고, 당신은 나하고 살면 사회와 가정의 배척을 면할 수가 없으니, 차라리 사랑을 위하고 당신을 위하여 한 목숨을 끊는 것이 옳소.'
얼마나 번민 고통을 쌓고 쌓아 견딜 수 없고 참을 수 없어 한 말인지, 실로 눈물지어 동정할 말이다. 나는 언제든지 자유연애 문제가 토론될 때는 조선 여자 중에 연애를 할 줄 안다 하면 기생밖에는 없다고 말하여 왔다.
실로 여학생계는 너무 이성에 대한 교제의 경험이 없으므로 다만 그 이성간에 존재하는 불가사의한 본능으로만 무의식적으로 이성에 접할 수 있으나, 오직 기생계에는 이성 교제의 충분한 경험으로 그 인물을 선택할 만한 판단력이 있고, 여러 사람 가운데서 오직 한 사람을 좋아할 만한 기회가 있으므로, 여학생계의 사랑은 피동적이요 일시적인 반면에 기생계의 이러한 사람의 사랑은 자동적이요 영속적일 줄 안다.
그러므로 조선에 만일 여자로서 진정의 사랑을 할 줄 알고, 줄 줄 아는 자는 기생계를 빼고는 없다고 말할 수 있는 것이다. 이런 의미로 보아 장씨의 인물이 어떠함을 막론하고 강씨가 스스로 느끼는 처음 사랑을 깊이깊이 장씨에게 느꼈을 줄 믿는다.

그럼에도 불구하고 그 경우가 애인과 동거하지 않고는 견딜 수 없다는 결심이 선다 하면 실로 난처한 문제이다.

이와 같이 씨는 비운에 견디다 못해 연애의 철저를 구하기 위하여, 정조의 순일함을 지키기 위하여, 자기 정신의 결백을 표명하기 위하여, 세태에 분노하기 위하여 자살을 실행한 것이다.

그러나 동기는 어떠하든지 자기 생명을 끊는 것은 곧 자포자기의 행위다. 생명의 존중과 그 생명력의 풍부함을 자각한 현대인이 취할 방법은 아니다. 어디까지든 살려고 드는 데서 연애의 철저며, 정조의 일관이며, 정신의 결백이 실현될 것이다."

그 후 장병천마저 먼저 간 애인의 영혼을 따라 자살하고 말았다. 아마 차마 떠나지 못한 강명화의 혼이 장병천이 오기를 기다려 하늘나라의 오 리 밖에서 기다리고 있었음이지.

이리하여 백 년에 한 번, 천 년에 한 번이나 우리들이 볼 수 있을 듯한 희귀한 애욕계쟁도愛慾系爭圖는 끝났다.

1900년 평양에서 태어난 강명화는 11세에 기생이 되어 17세 되던 해 경성으로 올라와 대정권번에 적을 두었다. 용모가 아름답고 기예에 능해 그 이름이 장안에 자자하였다. 그녀는 숱한 유혹을 물리치며 절개를 지키다 대구 부호의 아들 장병천과 운명적 사랑에 빠지게 된다. 하지만 장병천 집안의 극심한 반대와 사회의 냉대를 이기지 못해 1923년 6월 음독 자살하게 되고, 장병천도 뒤를 이어 삶을 마감하였다. 이들의 목숨을 건 사랑은 온 나라를 떠들썩하게 하였으며, 음반으로, 책으로, 영화로 만들어졌다. 이 글의 원제목은 〈사랑은 길고, 인생은 짧다던 강명화〉로 '미인박명애사'라는 시리즈 기사 가운데 하나다.

박열 열사의
재판정에 서다

이소홍

　화조월석에 웃음을 팔고 노래를 부르는 기생이라는 이름을 가진 이소홍(19)이 수일 전에 동경경시청의 활동으로 종로서의 손을 거쳐 동경으로 그의 그림자를 감추게 되었음은 이미 보도하였거니와, 그 사실 내용에 이르러서는 아직 비밀에 부치나, 이와 같이 남다른 경우에서 기생 노릇을 하는 어린 여자 한 몸이 자기의 정든 고국을 떠나, 어린 가슴을 태우면서 낯선 나라 동경 한구석에서 무서운 감시를 받고 있는 그는 과연 어떠한 사람으로 어떠한 생활을 오늘까지 해왔는가?

　그는 경북 칠곡군 봉암동 출생으로 본이름을 소암小岩이라 부르던 오늘날 이소홍이다. 본래 그의 늙은 어머니는 일찍이 슬하에 자식 하나도 없이 날마다 슬퍼하던 끝에, 그야말로 옛 소설 격으로 그 동리 봉황바위에 정성을 다하여 기도드린 후 잉태가 되어 소홍을 출생하였으므로, 그 바위의 이름을 따라 소암이라 부르게 된 것이라고 한다.

이와 같이 끝없는 희망과 넘치는 기대 아래서 남의 집의 딸로 태어난 소홍이 그 부모에게 받은 사랑은 과연 어떠하였겠으며, 그 부모는 얼마나 그를 사랑하였으랴. 쥐면 꺼질까, 불면 날아갈까, 어찌할 줄을 모르고 금지옥엽같이 길러냈을 것이라.

그러나 만사가 뜻과 같지 못한 것이 세상일이라. 그럭저럭 일곱 살이 된 소홍이는 불행하게도 천연두의 병마에 걸려 어찌나 심하게 앓았던지, 겨우 목숨은 유지하였으나 면경같이 고운 얼굴에는 이곳저곳에 얽은 티가 생기게 되었다. 하지만 다행히도 그다지 보기 싫지 않게 병풍에 조화문을 이곳저곳에 놓은 것같이 수수하였다.

그러나 소홍은 역시 팔자가 기박한 불행아였다. 그는 마마로 인하여 죽을 것을 겨우 면하였지만, 쉴 새 없이 닥쳐오는 잔병, 굵은 병은 그의 어머니 가슴속에 뿌리 깊은 쇠못을 박게 되어, 그는 마침내 사주 예언자의 준설한 명령대로 어떤 집의 양딸로 신세를 바꾸게 되었다. 아홉 살 되던 해에 자기 어머니를 눈물과 함께 작별하고, 미신의 액운을 물리치려 뜻하지 않은 남의 어머니 손에서 여생을 보전하게 되었다.

이와 같이 하루아침에 양모를 따라 부산으로 향한 소홍이는 하릴없이 양모가 시키는 대로 어려서부터 예기조합에 몸을 던지고, 낮이나 밤이나 춤추기와 노래 배우는 것으로 일을 삼게 되었으며, 본래 영리한 소홍이라 얼마 안되어 뛰어난 재주는 일반 기생들을 누를 만큼 풍류와 춤이 능란한 한 동기童妓가 되었다. 풍류로는 양금, 가야금이요, 춤에는 살풀이(굿거리), 승무 등이었다.

이와 같이 부산 화류계에 소문이 난 소홍이는 열세 살 먹었을 때에 또다시 그의 양모와 함께 인물이 번화한 한양성중으로 올라와, 역시 한가지로 이곳저곳 조합에 몸을 두고 기생 노릇으로 살아오다가, 열여섯 살 되던 해에 그 양모를 영원한 나라로 이별하게 되매, 칠곡에서 자기의 친어머니가 올라와 함께 거처하는 동시에 소홍이는 조합을 떠나 독립적으로 기생 영업을 하게 되었다.

그러나 누구나 다 아는 바와 같이 지금부터 다섯 해 전, 이때는 아직도 우리 기억이 새롭고 일만의 느낌이 북받쳐 오르는 우리 사회의 일대전환기였다.(1919년 3·1만세운동을 가리킴 – 편집자 주)

그러므로 이천만의 신경은 흥분되고 반도 강산의 공기는 최대 한도로 긴장되었던 그때이다. 눈물이 있고 감각이 있는 사람으로는 그대로 가만히 먹고 입기만 할 수는 없을 때였다.

비록 이름을 기생이라 하고 몸을 기적에 두었으나, 남다른 뜻을 가진 소홍이는 남이 생각하지 않은 참된 삶의 각성을 갖게 되었으며, 자기의 개성을 위하여, 다른 사람을 위하여, 재생을 부르짖게 되었다.

그리하여 그는 단연히 앞길을 결심하고 요릿집과 조합에 다니는 것을 굳게 거절하는 동시에 자기 집에서도 일반 화류 남자의 발자취를 거절하고, 다만 혼자 어린 마음으로 '어찌하면 내가 참사람이 되나? 어찌하면 우리도 남과 같이 자유롭게 살아볼 수 있나?' 하며 밤낮으로 번민과 고통에 사로잡힌 몸이 되어, 때때로 상종하는 것은 모두 돈 없는 사람뿐이요, 사상을 말하는 손이었다.

그러므로 한 푼 날 곳이 없는 살림은 나날이 곤란하여져, 일시

4.7 이소홍은 〈긴아리랑〉 〈담바귀타령〉 등의 민요를 취입하기도 했다.

홍등녹주에 단꿈을 꾸게 하던 많은 사치품과 비단병풍 '자개의 거리'는 모두 있는 대로 전당국으로 가져가버리고, 그날그날을 지내기에도 극빈하게 되매, 일반 기생들 사이와 일부 인형인人形人들 사이에는 사상가라느니 혹은 돈 없는 사람만 좋아하는 기생이라느니 하여 비웃는 소리가 일시는 자자하였었다.

설상가상으로 자연히 경찰 당국의 주목과 감시는 조금도 사정없이 가혹하여, 작년 이래로 몇 차례나 혹은 수색을 당하고, 혹은 심문을 당하느니 하여 곤란이 무쌍하던 끝에, 이번에는 무슨 중대한 사건이 발생하였는지, 순사의 보호 가운데 싸여 하루아침에 한양을 등진 후로는 소식조차 전하지 못하고, 동경 한구석에서 한갓 세상을 저주하며 사람을 원망하는 눈물 속에 서서 낮과 밤을 보내는 중이라는데, 장차 이 어린 기생 소홍의 운명은 어느 곳으로 가며, 어떻게 될는지…

1904년 경북 칠곡에서 태어난 이소홍은 미신의 액운을 물리치기 위해 남의 양딸이 되었다가 예기조합에 들었다. 열세 살에 경성으로 올라와 기생 노릇을 하던 중 3·1만세운동을 보고 크게 각성하여 독립운동가들과 교유하게 되었다. 무정부주의자로 유명한 박열의 거사를 위한 폭탄 구입을 돕던 것이 발각되어 동경에서 열린 박열 재판의 증인으로 불려갔는데, 판사의 심문에 조금도 굴하지 않는 당당한 태도로 모두를 놀라게 하였다. 1920년대에 〈긴아리랑〉〈담바귀타령〉 등의 민요를 태평음반에서 취입하였다.
이 글의 원제목은 〈수기數奇한 이소홍: 기생으로 경시청에 잡혀가기까지〉이다.

박열 열사의
재판정에 서다

사랑에 죽을까, 효에 살까

채금홍

머리 자른 이면에 담겨 있는 눈물

모든 사회가 한가지로 침 뱉고 천시하는 화류계에 몸을 던져서, 자기의 마음이야 슬프든지 근심이 있든지, 외양으로는 억지로 웃음을 발하고 교태를 지어가면서 화조월석에 풍류랑을 대하고, 하늘이 무너지든지 땅이 깨어지든지 밤낮 없이 '놀자'로만 일을 삼는 기생들을 볼 때는, 누구든지 '저런 마귀들이 어디 있나?' 하는 생각이 나겠지만, 다시 한 번 현재 우리 사회의 모든 착오된 제도를 돌아보고 그들의 내적 생활과 처참한 경우를 살펴보면, 국외자가 추측하지 못할 만큼 많은 눈물과 슬픔을 가지고 있는 것이다.

요릿집이나 연회석상에 가서는 심중에 슬픔과 불쾌한 일이 있다 할지라도, 외양으로는 웃는 얼굴을 억지로라도 지어서, 표리가 일치하지 못한 부연한 표정을 짓지 않을 수 없는 것이 그들의 매일 당하는 바요, 잘난 사람이나 못난 사람이나, 고운 사람이나 미운 사람을 물론하고, 손님을 대하여서는 모두 '당신은 잘났소'

'당신의 말은 옳소' 하지 않을 수 없는 것이 그들의 피치 못할 경우이다.

이와 같이 모든 일에 자기를 부인하고, 자기라는 개성을 부인하고, 모든 업신여김과 천대를 받아가면서, 몇 푼 되지 않는 놀음채를 받아가지고 자기 집으로 돌아가면, 다만 금전만 아는 그의 부모들은 수고하였다고 애처로워하는 생각보다 먼저 '얼마를 벌었느냐?'고 묻는 말뿐이요, 그 외의 모든 것이 쓸쓸하고 몰인정할 뿐이다.

그나마 어려서 철모를 때에는 고운 의복을 입고 인력거 타는 재미에 무의식적으로 기생 노릇을 하고 있다가, 점차로 나이가 들어 세상이라는 것을 알고 자기의 천성이라는 것을 근심하게 되면, 드디어 한없는 번민이 생기고, 그러다가 혹여 백년을 기약한 애인이 생겨서 강렬한 연애에 떨어지게 되면, 몰이해한 그의 부모들은 금전이라는 문제로 한사코 이것을 방해하는 법이니, 그러므로 그들은 '서로 살림을 한다' 하는 이면에는 '부모에게 돈을 바친다' 하는 것이 한 가지 조건이 되어 있다.

아! 사랑의 승리냐, 금전의 노예냐? 이처럼 절대적으로 앞에 놓여 있는 그들의 가름길을 생각할 때에는, 한 줄기 동정을 금하기 어렵고, 사랑에 살까, 효도에 살까 하는 그들의 무참한 번민을 살펴볼 때에는, 누구든지 한 줄기 원한을 품지 않을 수 없을 것이다.

하물며 그들에 대하여 '너는 사회를 썩히는 악마다' 하는 말을 하였다가도, 그들로부터 '우리와 같은 악마를 만들어놓은 죄는 누구에게 있을까요?' 하는 반문을 당하고 보면, 그 죄가 또한 기생이라는 당자도 아니요, 몇 부분의 책임이 간접적으로 우리 사회에 있음이리오.

아! 식食과 애愛! 금전과 사랑! 이 두 가지가 서로 조화하지 못하는 가장 불행이 많은 이 사회는 처처에 인생의 모든 참극을 연출하는도다. 이러한 사회의 이면에서 가장 눈물이 많은 애화의 일단을 소개하려 한다.

'일등 명기가 머리를 깎았다!'

'구름 같은 머리채를 한꺼번에 잘라버리다니!'

'강명화가 또 생겼나!'

하는 소리가 처처에 들려, 일없는 풍류랑들은 그 내막을 알고자 애쓰고, 한가한 사람들은 여러 가지로 평론을 일삼아서, 이것이 근일 평양 사회에 한 가지 문젯거리가 되었다.

문제의 주인공은 평양 기성권번에 기생이라는 이름을 둔 채금홍으로, 채금홍이라 하면 다만 일부분의 화류계에서만 그를 알 뿐 아니라, 모든 유식계급에서도 넉넉히 그의 존재를 인정하는 유명한 기생이었다.

그는 인물이 흔치 않은 미인이요, 가무가 출중하고, 그 위에 상당한 식자가 있어서, 내외인은 물론하고 연회가 있을 때마다 그를 부르므로, 평소 화류계에 출입을 아니하는 신사까지도 모두 알게 되어, 기생으로서는 상당히 평판도 좋고 마음도 활협하여서, 일반 동무들보다 앞전에 초청이 되었다.

그가 무슨 이유인지 또는 무엇을 결심함인지 일전에 자기 집에서 구름 같은 머리채를 자르고 자리에 누워 신음한다 하여, 각 방면에서 그 내막을 알지 못하고는 차마 견디지 못할 문젯거리가 되었다 한다.

알지 못하리. 단발랑 채금홍은 과연 무엇을 결심함이며, 장차 어떠한 길을 밟으려 함인가!

기생의 몸이 되다

지금부터 8,9년 전 일이다. 비록 넉넉지는 못하나마 평화로운 가정에서 따뜻한 부모의 사랑 속에 아무 불행함이 없이 비 끝의 죽순처럼 곱게 길러나던 그는 불과 몇 살이 되지 못하여 부친의 사랑을 잃어버리고, 편모의 자애 아래서 열세 살의 봄을 맞게 되자, 가세는 점점 곤란하여가고 일정한 수입은 없어서, 여러 식솔이 생활하기에 곤궁한 경우에 이르렀다.

그래서 그의 모친은 생각다 못하여 오직 하나밖에 없는 사랑스러운 딸이지만, 부득이 기생을 시키기로 작정하였다. 물론 당시에도 평양은 기생이라 하는 것이 일종 특산물이 되어, 하류 계급에서는 사람마다 '기생 재상이라니!' 하는 말을 발함이 예사가 되었고, 또한 일방으로 평양 사람들에게 수치도 되는 일이지만, 지금까지 누구라 하는 사람도 혹은 기생의 세력을 빌어서 출세하게 된 이도 없지 아니하매, 이러한 환경에서 그의 모친은 기생이라

함을 죄악으로 인정하기보다는 도리어 예사로 알았을 것이요, 또한 당시의 가세 형편에도 실로 부득이한 사세였을 것이다.

대자연의 품속에 안기어 세상의 풍파도 겪어보지 못하고, 인생의 괴로움도 맛보지 못하고, 천진난만하게 길러나던 어린아이를 향하여 '너는 기생이 되어라' 하는 운명의 선고를 내린 그 모친도 실로 무의식적이 아니면 부득이한 사세였겠지만, 당시 아무것도 모르는 순진한 소녀의 가슴속에는 그나마 무엇을 상상하고 무엇을 생각함이던지 '나는 기생은 싫어요. 학교에 가서 공부하겠어요' 하고 보기에도 애처롭게 모친의 명령을 거절하였다.

그러나 변하기 쉬운 것은 여자의 마음이요, 동하기 쉬운 것은 아이의 심리라. 스무 살 전후의 처녀 마음도 그늘 아래 풀 같다 하였거든, 하물며 열세 살 소녀로서 어찌 한결 같은 마음을 고집할 수 있으랴.

때때로 모친의 권함을 들어 하루를 지내고 이틀을 지낼수록, 세상일의 옳고 그름과 선악을 모르는 그의 눈은 몸에 비단을 전필로 감고 다니는 기생의 행동에 머뭇거리었고, 아무 판단과 분별의 능력을 가지지 못한 단순한 그의 머리에는 밤낮 없이 인력거를 타고 훌륭하게 달아나는 기생의 생활을 동경하게 되었을 것이다.

아! 약한 자여! 네 이름은 여자다! 그리고 또 어린아이다! 지금까지 더러운 인정에 물들지 아니하고 천진난만하게 자라나던, 그야말로 사람다운 사람의 맛을 혼자 맛보며 길러나던 순진한 그 여자는 열네 살이 되던 해, 백화가 만발하였다가 져가는 늦은 봄부터 땋아 드리웠던 머리채를 쪽 지어 낭자를 튼 후, 금홍이라는 예명을 가지고 미친 나비와 허튼 벌의 희롱을 받게 되었다.

이와 같이 하여 애처로운 한 송이의 꽃봉오리는 깊은 산속에서 향기를 토하지 못하고, 마침내 길가에 피어서 무참히도 모든 행객에게 함부로 꺾임을 당하게 되었다. 본래부터 천성이 명민하고 인물이 미인인 가운데 더욱이 가무에는 특수한 재주가 있어서, 기생이 된 지 얼마 되지 않아 그는 평양 화류계에서 독보적인 명기가 되었을 뿐 아니라, 채금홍이라 하면 그 지방은 물론이요, 경성까지도 그의 이름이 전파되었다.

그러나 그 후 채금홍은 무엇을 생각함이던지 내심으로 기생 생활을 극히 싫어하고 늘 공부 욕심이 많이 나서, 그가 열일고여덟 살 되던 해부터는 하루에 몇 시간씩 독선생을 청빙하여 학문을 공부하기 시작하여, 2,3년을 하루같이 열심히 배운 결과 《소학》부터 《논어》《맹자》에 이르기까지 사서를 능통하여, 그의 학문 이력은 근래 학교를 졸업한 신청년이 미치지 못하게 풍부하여졌다.

이와 같이 학문상으로 세상이라는 것을 알고 인생이라는 것을 이해하게 된 그는 날이 가고 달이 갈수록 자기 몸이 깊은 마굴에 빠져 있음을 깨닫고 더욱 고민하였다. 이러한 형상을 보는 풍류랑들은 그를 향하여 문학의 중독자라고 비난한 일도 있다 한다.

사랑에 죽을까, 술에 살까

오직 형제의 앞길을 위하여

대개 사람이라는 것은 지식이 있을수록 사회에 대한 안목이 넓어지는 법이라. 현금 여자 사회치고는, 더구나 기생 사회치고는 정도에 넘칠 만큼 식자를 아는 채금홍은 자연 신문도 보고, 모든 잡지도 읽어서, 시대사상에 대한 많은 이해를 가진 동시에, 현재 마굴 속에 빠져 있는 자기의 비참한 신세를 생각하고 더욱 사회를 원망하며, 자신을 비관하여 날로 염세증을 일으키게 되었다.

그러나 그에게는 현재의 마굴 속을 벗어나지 못할 만한 주위의 사정이 있었다. 그것은 즉 한 식구의 생활이 다만 자기 일신에 달렸을 뿐 아니라, 그 위로 오라비 한 사람과 아래로 동생 두 사람에 대한 공부 여하도 역시 자기 일신에 달렸음이다.

가정의 생활 문제! 형제의 앞길 문제! 이것을 생각하고 그는 마음에 없는 노래와 고깃덩어리를 팔아가며 희생적 생활을 계속하여, 위로 오라비 되는 채정필을 일본에 유학하게 하고, 아래 동생 둘은 고등보통학교에 보내 내내 공부를 계속하게 하였다.

아마 평양 기생은 수다하지만 진실로 자기 형제의 앞길을 위하여 희생된 사람은 이 채금홍 한 사람뿐이라 할 수 있다

"나는 이미 더럽혀진 사람이외다. 사회에서 악마같이 아는 기생의 몸이외다. 그러나 제 몸이 죄가 많아서 한번 마굴 속에 떨어진 이상에는 암만 해도 그것을 벗을 수가 없으니, 모든 것을 다 뉘우치고 동생의 앞길을 위하여 희생이 되려 합니다. 그리하여 동생이나마 사회에 유익한 인물을 만들어서 저의 깊은 죄를 보상하려 합니다."

이따금 이런 처참한 말을 들을 때에는 누구든지 한 줄기 동정을 표하지 않을 수가 없었다.

이와 같이 기생치고는 다소간 각성한 사람이었으매, 따라서 무슨 구제사업이나 혹은 불행한 경우에 있는 사람을 볼 때에는 자기 몸의 설움을 키우련마는 오히려 동정을 표하여왔고, 무슨 불행한 사변이 일어날 때에는 그가 먼저 연주회를 개최함도 여러 번이라 한다.

으슥한 겨울이 가고 향기롭고 따뜻한 봄에 이르러 탈 듯 태양이 비치고 자비로운 비가 내리면, 적막하던 산과 들에는 백화가 만발하고, 벌과 나비는 향기를 찾아 꽃을 머뭇거리게 된다. 날씨 따뜻하고 바람 부드러운 봄이 이르면 꽃은 아니 피려 하다가도 자연히 피게 되고, 벌과 나비는 부르지 않아도 자연 날아오게 된다. 이것이 자연에 대한 때의 힘이다.

이와 같이 때의 힘을 당하면 무의식한 연인 사이에도 서로 결혼이 있고, 초목 사이에도 서로 연애가 있는 법이거든, 하물며 영성을 가진 사람으로서 더구나 때의 힘을 만난 묘령의 채금홍으로서, 어찌 가슴에 넣는 일편 사랑이 없었으랴.

지금부터 5, 6년 전 일이다. 금홍의 나이가 열일곱 살 되던 때에 가장 열렬한 사랑의 대상이 생겼다. 상대의 이름은 유덕준이라 하는 사람으로 동북제대 의과대학을 졸업하고 당시 평양에 돌아와서 개업의로 있던 청년이었는데, 그가 학교를 졸업하고 평양에 돌아와서 수차 요리점에서 서로 만나본 후로 두 사람 사이에는

사랑에 죽을까, 술에 살까

참을 수 없는 사랑의 싹이 돋기 시작하여, 나중에는 참을 수 없는 강렬한 연애에 떨어졌다.

물론 금홍이는 기생이니까 그 사이에도 많은 남자와 관계를 가졌을 것은 부인치 못할 사실이었을 것이다. 그러나 그가 진실로 허위가 아닌 연의를 맛보고, 그로 인하여 인생의 행복을 맛보게 됨도 실로 그때가 처음이었다.

그러나 박명한 그는 아직도 운명의 험한 농락을 면할 수 없었던지, 전신전령을 받들어 서로 사랑하고 백년을 기약하던 사랑의 대상은 1919년에 이르러 그만 다시 돌아오지 못할 영원의 길을 떠나고 말았다.

정인을 만나다

세상에서 제일 큰 적은 사랑이 없는 육체의 포옹이요, 인생에서 차마 하지 못할 일은 연의가 아닌 성性의 결합이라. 현대의 법이 인정하는 부부의 관계라 할지라도 진실로 서로 사랑하는 연의 결합이 아니면 일종의 간음이나 노예 상황에 불과하거든, 하물며 금전을 위하여 마음에 없는 고깃덩어리를 천 사람, 백 사람에게 베어 팔 듯하는 화류계의 상황이야 말해 무엇하리오.

이와 같이 자기 마음에 없는 강간 생활과 노예 생활을 해오다가 처음으로 이성에 대한 열렬한 사랑을 맛보게 되고, 그로 인하여 비록 천한 길, 깊은 마굴 속에 떨어졌으면서도 그나마 한 가지

4.8 그림 그리기에 열중인 기생들.

위로를 얻게 되었던 그에게 이러한 행복도 극히 짧은 꿈으로 화하여, 애인을 영원한 죽음의 나라에 이별하게 된 후로 그는 아무의미도 없고 아무 가치도 없는 쓸쓸한 사막에서 방황하게 되었다. 그리하여 그는 지금까지 자기가 밟아온 희생적 상황이라는 길을 다시 찾게 되었다.

'나는 희생자다. 동생의 앞길을 위해 희생됨이 나의 사명이요, 또한 사회에 대한 의무다.'

이 같은 결심을 한층 더 굳게 갖게 되었다. 그러므로 간혹 동무 사이에 남녀 간의 사랑에 대한 이야기가 있을 때에는 언제든지 수심의 빛을 띠고, '나는 사랑이란 것은 도무지 모른다' 하고 얼굴을 돌림이 예사였고, 혹여 남자들이 그를 향하여 연애 수작을 할 때에도 '저는 사랑을 몰라요' 하며, 언제든지 수심을 띠고 죽은 애인을 생각하는 표정을 나타내었다.

그가 어느 동무에게 보낸 편지의 일절을 볼지라도, 그가 평소에는 겉으로 비록 웃음을 지으나, 마음속으로는 많은 눈물, 많은 원한을 품었음이 사실이다.

"세상에 금전이라는 것은 왜 그리 무서운 물건인지요? 아, 그 사람의 손으로 만들어 쓰는 금전으로 말미암아 귀중한 사랑의 몸을 팔게 되니, 우리는 얼마나 불행합니까? 더구나 주위의 사정이라는 이유 하에 그리 귀하지도 않은 목숨을 끊지도 못하고, 자기의 마음을 속이며, 타인의 마음까지 속여가면서, 무서운 강간 생활과 노예 생활을 하지 않을 수 없는 경우는 얼마나 비참합니까? 죽음에 대해서까지 자유를 얻지 못하는 저는 얼마나 약하고 무능하고 불행합니까? 아! 저는 끝없는 사막에 서서 목이 터지고 목이 붓도록 울고 있나이다."

이와 같이 쓸쓸한 고독과 깊은 수심 중에 빠져서 그는 4,5년의 길고 긴 세월을 한결 같은 눈물로 지내왔다. 잡을 수 없는 무정한 세월은 사람을 죽이고 사람을 늙게 하려고 자꾸 살같이 흘러서, 그로 하여금 스물두 살의 봄을 맞게 하였다. 벌써 작년 일이다.

음력으로 정월 17일 희망의 밝은 달이 중천에 걸리어 온 세상을 공평하게 비추고, 아직까지 정월의 기분이 농후하여 집집마다 윷 노는 소리가 높았을 때에, 대동강 언덕 위에서 밝은 달을 띄우고 배회하는 두 사람의 청년 남녀가 있었다. 여자는 물론 이 소설의 주인공 채금홍이요, 남자는 대동군 추을미면 사동에 거주하는 김영균이라는 청년이었다.

두 사람은 얼마 전부터 심중으로 서로 사랑하는 사이가 되었고, 날이 갈수록 열렬한 연의의 싹은 점점 열도를 더하여 피차에 사랑을 주고받지 않고는 참지 못할 열정에 떨어졌다.

그러나 채금홍은 이 사람에게야말로 금전 때문도 아니요, 진실로 자기의 마음 전부를 다하는 터이라. 그러므로 육체관계를 맺기 전에 많은 교제를 거듭하였고, 서로 이해가 생김에 따라서 일신의 장래를 부탁하게 되었다.

정월 17일 밝은 달 아래, 대동강 언덕 위에서 속살거리던 그것이야말로 백년을 기약하던 피차의 맹세였고, 이날 밤부터 두 사람은 영육이 일치한 완전한 연의가 성립되었다. 영과 영이 일치하게 결합하고, 육과 육이 완전하게 포옹되었을 그때에, 채금홍은 어느새 잃어버렸던 자기를 다시 발견하고, 지금부터는 자기를 위하여 자기의 운명을 개척하려 하였다.

주위는 온통 사막이요, 앞길은 눈물뿐

대개 여자란 이성을 접촉하면 접촉할수록 이성을 이해하는 법이요, 사람이란 개성이 발달하면 발달할수록 연애의 힘도 강하여지는 법이다. 기생으로 날마다 다수의 사람을 접촉하고 더구나 두 번째 강렬한 사랑에 떨어진 채금홍은 보통 여성보다도 그 사랑의 힘이 일층 더 강하였다.

그리하여 그는 당시부터 기생을 폐업하고 김영균과 한가지로 살림을 하려 하였으나, 자기가 기생을 그만두면 수다한 가족의 생활 문제가 곤란해지고, 지금까지 계속하고 있는 아래 두 동생의 공부 역시 곤란하게 될 것이다.

만일 김영균이 재산만 유여하면 그것도 걱정할 것이 아니지만, 애인 김영균은 별로 특별한 재산도 없고, 현재 사동 석탄광에서 여간한 벌이를 하며 지내는 가운데 있고, 더구나 처자가 있는 사람이므로 채금홍의 본집에 대한 모든 책임을 질 수는 없는 형편이었다.

이와 같이 두 사람 사이에도 예의 생활과 경제 문제가 서로 조화되지 못하여, 모든 번민 가운데서 틈틈이 보고 싶은 정을 억제하면서 작년 1년을 지냈고, 역시 번민 중에 금년 새해를 맞았다.

지나간 1월 21일이다. 김영균은 채금홍을 만나려고 일부러 평양에 와서 바로 그 집으로 찾아갔다. 두 사람은 오래간만에 서로 반가이 맞았으나, 김영균은 본래 일종의 신병이 있었고, 그로 인하여 근일은 몸이 심하게 상하였으므로, 금홍은 그를 염려하여 밤새도록 이야기를 하다가 여관으로 돌아가서 잠자기를 권하고, 김영균도 그 뜻을 내심으로 감사히 여겨 즉시 여관으로 돌아가다가 어떤 친구의 집에 들렀다.

그때 그의 친구는 농담으로 금홍이가 근일에 새로운 정인을 두었으니까, 그러한 관계로 일부러 만나 보러 왔다가 밀려왔느냐고 조롱하였다. 김영균은 비록 그때는 웃고 말았으나, 암만하여도 그 말을 무의미하게 들을 수 없었다.

그래서 이튿날 즉시 채금홍을 찾아가서 '나는 너를 위하여 일부러 먼 곳을 찾아왔는데, 너는 다만 더러운 금전으로 말미암아 다른 사람을 기다리느라고 수단까지 부려 나를 속였느냐?'고 한없이 불평하면서, 지금부터는 서로 사랑을 단념하고 타인이 되자고 말한 후에 문을 열고 밖으로 나갔다.

'사랑을 단념하자! 타인이 되자!' 하는 말은 실로 금홍에게는 무서운 사형과 다름이 없었다. 아! 그리고 이런 오해를 받는 것도 나의 몸이 기생이 된 까닭이라고 생각하였다. 그리하여 그는 단연코 기생을 그만두기로 결심하고, 즉시 건넌방으로 가서 자기 어머니에게 기생을 폐업한 후 김영균과 살림하겠다는 말을 고하였다.

그러나 '살림을 한다' 하는 이면에는 '돈을 바쳐야 한다' 하는 조건이 있다. 그리고 그의 모친은 이 조건을 종시 철폐하지 아니하여 마침내 금홍의 희망을 부인하였다.

아! 기생이 되어 이해 있는 애인에게까지 오해를 받는다. 그뿐 아니라 사랑을 단념하라는 선고까지 받았다. 자식을 위하여 동정하여줄 부모까지도 그의 희망을 부인하였다.

아! 나는 지금까지 스물세 살이 되도록 가정을 위하여, 동생을 위하여 희생하여왔다. 그리고 이러한 희생에 대하여 부모도, 동생도, 또는 사회도 동정하여줌은 없었다. 아니 동정은 고사하고 그것을 인정하여주지도 않는다.

아! 내 앞에는 행복의 서광은 없다. 주위가 온통 사막이요, 앞길이 모두 눈물뿐이다. 아! 나는 가야 되겠다. 세상을 버리고 바다 끝까지, 하늘까지, 정처 없이 달아나야 되겠다.

아! 나는 힘이 없다. 약한 것은 여자다. 가고 싶은 대로 갈 수도 없다. 그만 산으로 가자! 절로 가서 중이 되자! 그리하여 세상을 저주하고 인생도 저주하자!

이와 같이 그의 감정은 극도로 예민하여졌다. 떨리는 손에 힘 있게 가위를 들었다, 전신에 힘을 다하여… 가위 날이 빛나는 곳에 구름 같은 머리채는 땅에 떨어졌다.

입을 악 쓰고 목이 터지도록 한없이 울 때에 그의 모친도 알았다. 온 가족도 알았다. 그의 애인도 알았다. 그리하여 일동은 울음판으로 화하였다.

아지 못하겠구나. 단발랑 채금홍은 장차 어떠한 길을 밟으려 하는가? 눈물이 많은 이야기의 일단은 그만 이것으로써 각필하자.

채금홍은 1900년 무렵 평양에서 태어나 편모슬하의 어려운 가정형편으로
기생의 몸이 되었다. 가무에 능했을 뿐 아니라 한학의 대가 최재학에게 한학을
배워 당대의 지식인들과 한시를 주고받을 정도였다. 3·1운동이 일어나자
임진왜란 때의 의기인 계월향을 추모하는 〈술회述懷〉라는 한시를 지었으며,
이로 인해 일제 경찰에 의해 구류처분을 당하였다.
불합리한 세상을 바라보는 그의 정신은 다음 시조에서도 읽을 수 있다.

아미산 공동묘지 높고 낮은 저 무덤엔
주문朱門(부자) 백옥白屋(가난뱅이) 구별 없고 양반 상놈 차별 없다
가련한 인간 공도公道를 여기서만 보노라

채금홍은 한 청년 문사와 열애에 빠졌는데 어머니의 방해로 뜻을 이룰 수 없게
되자 단발을 단행하였다.《매일신보》에 〈단발랑 이야기: 애愛 사死할까 효孝에
생生할까, 채금홍의 반생〉이란 제목으로 5회에 걸쳐 연재된 위의 글은 채금홍의
이야기를 소설에 가까운 형식으로 각색한 것이다.
나중에 채금홍은 불교에 귀의하였다가 염세주의에 빠져 안타깝게도 서른의
나이에 스스로 생을 마감하였다.

사랑에 죽을까,
효에 살까

상해로 달아난
천하일색 명기

장연홍

장연홍 하면 모를 사람이 별로 없을 평양의 명기名妓다. 춤, 노래, 기생으로서의 수양과 기술로도 뛰어난 존재이지만, 얼굴의 아름다움이 천하일색으로 기생은 그만두고 미인을 생각할 때는, 누구나 이 평양 기생 장연홍을 먼저 손꼽을 만큼 그의 미색은 세상에 유명하다.

그가 처음 화류계에 나올 때와 비교하면 뭇 사나이에게 노류장화로 부대낀 탓인지 예전 같지 않다 하나, 그래도 그는 여전히 모든 조건을 잃지 않고 있어 그를 탐내는 사나이의 가슴을 졸이게 하였다.

기생이 기생 노릇하다가 살림 들어가는 것은 누구에게나 씌워지는 철칙인데, 모든 사람이 연홍이를 차지하려고 하였다. 그것은 비단 평양의 유야랑이나 조선 사람만이 아니라, 서양 사람들과 일본 사람도 다 각기 욕심을 내어 연홍과 가정을 이루어 보기에 자기네들의 마음과 힘을 다하였다.

그런데 장연홍이가 지난달 돌연히 사랑하는 어머니와 많은 동무들을 이별하고 배 타고 물 건너 상해로 갔다는 것이다. 그러나 연홍을 사랑하던 여러분은 마음을 놓아도 좋은 것이, 그는 결코 외국인의 돈을 따라 그 사람들에게 자기의 마음과 몸을 바치기 위해 간 것은 아니기 때문이다. 그는 홀홀단신으로 공부하리라는 원대한 목적을 품고 갔다 하니, 우리의 마음을 놓이게 하면서도 다시 나아가 무서운 호기심을 일게 한다. 이제 우리는 백 퍼센트의 흥미를 가지고 앞으로의 연홍의 소문을 듣기로 하면서, 과거의 그의 이야기를 전해 듣는 대로 적어보자.

그는 상당한 가정의 오직 외딸로 태어나서 열 아들 부럽지 않게 고이고이 자라났는데, 나면서부터 영리하고 흰 살결과 고운 얼굴은 아침 이슬에 피어나는 함박꽃같이 탐스럽고 아리땁게 피어났다. 그의 부모는 고이 길러 원앙의 짝을 찾아주기 위해, 그야말로 불면 날아갈까 쥐면 터질까 염려하여 문자 그대로 금지옥엽같이 길렀다. 그러나 세상일은 뜻과 같지 않고, 운명의 장난은 평지에 풍파를 일으키는 것이다.

연홍이가 다섯 살 되었을 때에 악착한 조물주의 시기로 그 부친이 세상을 하직하고 말았다. 연홍의 부친은 사랑하는 아내와 철모르는 딸을 이 세상 거친 물결 속에 던져둔 채 죽고 말았으니 죽은 사람의 원통한 원한도 원한이려니와, 뒤에 남은 의지할 곳 없는 모녀의 앞길이야말로 암담하였다.

친척도 없고 장성한 아들도 없는 연홍의 어머니는 오직 연홍이가 얼른 커서 마음에 맞는 배필을 얻어주려는 마음으로, 때때로 외로운 신세를 탄식하면서도 오직 연홍이가 장성하여 가는데 재미를 붙여, 길고 긴 가을밤이나 살을 에이는 듯한 겨울밤에도 잠시도 놀지 않고 남의 삯바느질과 허드렛일을 하며 입에 풀칠을 해나갔다.

연홍의 모친은 딸의 장래를 위하여 자기의 일생을 희생하여도 좋다는 거룩한 모성애로 하루 두 끼밖에 못 먹는 자기 식사를 한 끼로 줄이고, 전보다 4,5시간이나 궂은일을 더 하여 거기서 나오는 쥐꼬리만한 돈을 모아 연홍이 바라고 동경하는 '배움의 길'을 열어주려 하였다. 그러나 똑똑하고 속마음 깊은 연홍은 자기 모친의 힘겨운 노동과 영양부족으로 야위어가는 얼굴을 볼 때에 그 가슴이 터질 것 같았다.

이 같은 슬픔의 싹이 어린 가슴 속에서 싹트고 자라는 것을 어찌하리오. 연홍은 여기에서 늙은 어머니를 위하여 크나큰 결심을 하게 되었으니, 그는 과연 무엇을 결심하였던고? 비로소 여기서 오늘 연홍의 슬픈 이야기를 빚어낼 첫걸음의 움이 돋았던 것이다.

연홍이가 어느덧 14세가 되고 보니 떠오르는 반달 같은 얼굴은 금수강산의 정기가 어린 듯이 곱고 아름다워, 차차 유혹의 손길이 뒤를 이어 일어났다. 어머니의 굶주리는 모습과 집안 형편이 날로 기울어가는 것을 본 연홍의 마음에 동요가 생길 때라, 다른 사람들의 권유도 있었거니와 그는 자기 한 몸을 희생하여 늙은 어머니의 걱정을 더는 동시에 황폐하여가는 자기 집을 가냘픈 힘으로나마 붙들어 일으키려고 단단히 결심하였다. 그리하여 모든

4.9 장연홍은 당대 최고의 얼짱 스타였다.

원망과 조소를 아랑곳하지 않고 화류계로 나왔던 것이다.

붉은 입술과 흰 치아, 깨끗한 피부에 꽃 같은 용모를 지닌 연홍은 장성해감에 따라 평양 성중의 뭇 야유랑들의 눈을 황홀케 하였다. 어린 듯 취한 듯한 아름다운 연홍의 쌍꺼풀진 눈, 사람을 금방 삼킬 듯한 매력 있는 선웃음, 사람이 근처에도 가보기 어려울 만한 고상하고도 엄숙한 태도에 더욱 그의 이름은 높았다. 속 못차리는 뭇 남아들은 연홍의 절개를 꺾고 그 아리따운 몸을 희롱하여 보고자, 천금千金을 아끼지 않으며 그의 집으로, 그가 간 요릿집으로 모여들고 흩어지기를 몇 번이나 하였다. 갖은 유혹과 단말로 같이 살기를 간청한 풍류남아도 한둘이 아니었다. 그러나 유혹과 꼬임이 심하면 심할수록 그의 철퇴 같은 마음은 더욱 지조를 지키고 뜻을 굽히지 않았다.

같은 사정으로 기생의 몸이 된 손위 기생이 있었으니, 그의 이름은 강명화姜名化(지금은 들어앉아 참답게 살림을 하는 관계로 가명을 씀)였다. 강명화는 늘 같은 설움에 부대끼는 처지라, 연홍을 대할 때마다 격려하고 위로해주었다.

"우리가 비록 현실의 악착한 불운을 당해 세상 사람이 비웃고 침뱉는 기생의 몸이 되었을망정, 나의 지조를 팔고 살을 베어주는 상스러운 행동을 하지 말고 끝까지 싸워보자! … 그리고 우리는 우리의 이상이 있고 우리가 먹은 결심이 있으니, 그것을 관철하기까지 모든 유혹을 물리치고 꿋꿋이 나아가서 사람다운 짓을 해보자!"

그 같은 격려에 연홍은 뜻과 마음을 바쳐 날로 독서와 수양에게을리하지 않았다. 그리고 꽃다운 청춘이 화류풍상에 시달리는 것을 개탄하며, 장래를 생각하고 앞길을 헤아려 한시라도 빨리 그 자리를 떠나려고 결심하여 왔다고 한다.

때가 왔음인지? 또는 그의 반생을 더욱 악착한 구렁으로 집어넣으려 하였음인지? 돌연 작년부터 그가 몸담고 있던 기성권번이 어떤 자본가의 책동으로 소위 주식회사로 변경이 되었다. 그리하여 횡포와 행패가 더욱 심해져 전에 있던 기생들의 권리와 존재도 없어지고 말았다. 이에 분개한 장연홍 일파는 진두에 나서 필사의 반항도 하여 보았으나 어찌하랴?

횡포한 신세력의 무리들이 마치 밤을 타고 덮치는 맹수와 같이 강압과 잔인한 행동을 더욱 심하게 하게 되니, 마음을 같이하고 뜻을 합하였던 동무 기생들은 마침내 그들의 미끼가 되어 하나둘씩 흩어지고 머리를 숙이게 되었다.

이것을 본 연홍은 슬픔과 분함을 참다 못하여, 이 기회에 몸을 깨끗이 씻고 자기의 마음먹었던 이상이나 실현시키자는 결심으로, 단연히 평양 기적妓籍에서 몸을 빼는 동시에 정들고 몸 붙어 있던 고국강산 평양을 등지고, 연로한 어머니와 정든 동지 명화도 뿌리치고 표연히 해외로 떠나게 되었다. 과연 그는 무엇을 하러 상해上海로 갔으며, 그의 이상은 과연 무엇이었던가?

연홍은 남모르는 굳은 결심과 부모에게조차 알릴 수 없는 어떤 원대한 생각을 가슴 속에 새겨 넣고 자기를 낳아준 고향, 그리고 길러준 평양을 등지고 떠날 때에, 자기의 선배요 스승인 명화를 찾아가서 하룻밤을 새우며 그 구곡간장에 맺힌 설움과 늘 서로 속삭이던 자기의 이상을 하소연하였다.

"언니! 나는 고국을 떠나 끝없이 가려 합니다. 조금 살고 뜻있는 죽음을 맞이하라는 언니의 말씀에 따르려고 이 정든 평양을 떠나겠습니다. … 더럽힌 몸과 마음을 깨끗이 씻어야 한다는 언니의 말씀에 감복하여 나는 떠나는 것입니다. … 언니와 다시 만나는 날이면 예전 탈을 벗고, 세속의 모든 애욕과 야비하고 추악한 세계를 넘은 엄연한 연홍이가 되어 언니를 대하려 합니다."

이 짤막한 한마디일망정 자기의 모든 포부를 말하고, 그는 대동강과 을밀대를 등지고 산 설고 물 다른 '되놈'의 나라 상해를 향해 줄달음하였다. 그러면 그는 상해에서 무엇을 하고 있는가?(상세한 것을 쓰기는 꺼려지므로 여기서는 약하기로 하자.)

그는 상해에서 지금 색다른 것을 하고 있는데, 일구월심 어머니를 생각하고 고국강산이 그리워 눈물과 한숨으로 지내는 중에도, 자기의 원대한 포부와 각오한 사명을 달성하고자 앞길을 향해 오직 전진하고 있다 한다.

그런데 여기 또 한 가지 연홍의 고통은 자기의 아름다움에 고혹된 무리들이 각 방면으로 마수를 움직이고 있으니, 유혹과 꼬임을 물리치느라 목적한 공부가 늦어진다고 한다. 조선동포 또는 이국 남자들까지 연홍을 삼키려는 붉은 입술을 날름거린다는 것이다. 그러나 이것쯤으로 연홍의 결심을 굽힐 수는 없어, 지금은 다만 그의 아리따운 모양을 삼키고자 하는 속마음은 나타내지

4.10 독서를 즐긴 장연홍. 기생 생활을 하면서도 남다른 뜻을 키웠다.

않고 그를 돕는 무리가 날로 늘어간다 한다.

상해는 세계 각 국민이 죄다 모여든 인종 전람회의 도시요. 육혈포와 칼과 주먹이 난무하며 밤낮 없이 싸움과 음모가 벌어지는 무서운 도시다. 이러한 상해 그곳에서 무엇을 찾겠다고 연홍은 갔으며, 찾을 것이 있다 쳐도 자기가 목적한 것을 얼마쯤이나 도달하고 돌아올 것인가?

그가 유명한 장연홍이니만큼 그의 뜻이 이루어지고 안 이루어지고를 가릴 것 없이, 우리는 그의 소식을 대단한 흥미로 바라보고 있는 것이다. 상해와 장연홍 그것은 서로 얼떨어지면서도 한편 잘 부합되는 명사와 명사이다. 상해와 장연홍이가 어떠한 방면으로 서로 연결되어 우리 앞에 나타날지…. 사랑스러운 연홍의 귀여운 포부를 생각하여 악의 없이 웃고 그 달성을 빌며 붓을 놓는다.

장연홍은 1911년 평양에서 태어나 편모슬하의 어려운 가정형편으로 14세 때 기생이 되었다. 미모가 뛰어나 '애수의 미인' '가을의 미인'이라는 찬사를 들었으며, 일본 비누 광고 사진에 등장하는 등 당대 최고의 인기를 누렸다. 독서와 수양에 힘쓴 것으로도 알려져 있다. 몸담고 있던 기성권번의 횡포에 항거해 기생 생활을 접고, 뜻한 바 있어 상해로 떠났다. 일본 영사관에 불려 갔다는 소문을 남긴 채 행방불명되어 그 후의 종적은 알 수 없다. 이 글은 《별건곤》 1933년 9월호 '이야깃거리, 여인군상' 속에 〈상해로 달아난 장연홍〉이란 제목으로 들어 있다.

눈물 속에 진 꽃

최향화

홍의동자

유행가수 최향화! 아름다운 목소리의 가수! 낙양洛陽의 아름다운 꽃!

바람결에 피어난 꽃잎과 같이 그는 피자마자 꽃잎을 떨구었다. 열아홉 청춘에 피어나는 꽃봄을 지는 꽃과 함께 나부낀 그의 젊은 넋은 포구의 달빛을 아직도 움죽거리고 있으리라.

6남매 중에 셋째 딸로 태어난 그의 개결한 성품과 영롱한 총명은 어려서부터 무리 가운데 뛰어났다. 아버지가 사업을 할 때까지는 학교에 다니며 좋아하는 노래 부르기로 일을 삼던 그였으나, 하루아침에 아버지가 실패하여 움직일 재력을 잃게 되니, 하는 수 없이 기생이 되고 말았다. 큰언니, 둘째 언니와 함께 세 자매가 마주잡고 며칠 밤을 새웠다.

"너희들은 학교에 그대로 다녀라. 나 혼자 기생이 되어 생활비와 학비를 대마."

큰언니의 눈물겨운 목소리가 들렸다.

"언니, 내가 나가리다. 언니는 나이가 많고 순덕(향화의 본명)이는 나이가 어리니, 내가 나가리다."

둘째 언니의 목메인 목소리이다.

"그럴 것 없이 세 자매 다 나갑시다. 기생 언니 두고 혼자 잘난 체할 수도 없고, 기생 동생 두고 옳은 데로 시집이나 가겠소. 우리 마음을 옳게 먹고 쓰러져가는 가운을 일으켜, 아버님이 갱생하실 길을 열어드립시다."

나어린 순덕의 말에는 천근의 무게가 있었다.

이리하여 세 자매는 손길을 마주잡고 기생이 되고 말았다. 그러나 시류가 뒤집혀 얌전하고 점잔 빼는 기생보다 넝느레 좋고 손님 가리지 않는 전형적인 기생들의 세월이 좋아져서, 갓 나온 숫북김이 기생들에게 마음먹은 대로 돈벌이가 되기는 꿈에도 어려운 일이었다. 돈 있는 이는 아니꼽고, 향수 바른 이는 건방져 보이고, 반했다고 쫓아다니는 이는 더러워 보이니, 무슨 수로 기생다운 기생 노릇이 되었으랴.

세 자매가 기생 나온 지 1년이 다 못 가서 큰언니, 작은언니는 차례로 견실한 일꾼을 선택하여 살림을 들어가게 되고, 홀로 남은 향화만이 엄마, 아빠와 삼남매 동생을 책임지게 되었다. 열일곱 살 어린 기생의 어깨에 실린 가족의 중압은 심한 부담이었다.

오-냐, 이왕 내가 맡은 이상 시집간 언니들이 뒷일을 걱정하지 않게 하리라.

향화는 '돈!' '돈!'을 벌자는 비장한 결심 아래 놀음이라면 사지死地라도 사양치 않을 만큼 경향京鄉으로 벌러 다니되, 조금도 싫은 기색을 내지 않았다. 한 번 작정하면 돌이키지를 않는 그의 성격은 그로 하여금 아니꼬움도 참게 하였다. 눈물도 참게 하고, 남의 비웃음에도 귀먹은 사람이 되게 하였다. 그가 강화도니, 수원이니, 지방으로 돌아다니게 된 것도 이만한 결심이 있는 까닭이었다.

이리하다가 열여덟 살 되던 해 봄에 그는 어쨌든 경성에 터를 닦아보겠다는 생각을 가지고 관철동에 집을 새로 꾸미고, 조선권번의 8미인이니 4인조니 하는 기생들 축에 육박하게 되었다. 문금자, 박산옥, 오영자 같은 열일곱 살 솔봉이 미인들을 규합해 4인조를 결합하여 가지고, 우선 주목한 점이 시대의 조류를 따라 수입된 사교춤이었다.

"얘들아, 사교춤을 배우자. 요사이 젊은 손님들은 요릿집 장판방이 미끄러우니까 사교춤만 추자더라."

이리하여 4인조 일동은 밤과 낮을 가리지 않고 사교춤을 배웠다. 뉘 알았으리오. 콧물 흘리는 이 아기 기생들이 서울의 명화名花가 되어 화류계에 군림할 줄을.

향화라는 기생이 인물도 곱고, 사람도 점잖고, 사교춤도 잘 춘다는 소문이 입에서 입으로 옮겨 전하자, 뒤를 이어 목소리도 곱다는 평판이 높아졌다. 이때 최향화의 아름다운 목소리에 귀를 기울인 사람이 있으니, 그는 콜럼비아 전속 작곡가로 있다가 시에론 레코드 회사로 자리를 옮긴 김서정이었다.

향화도 평양의 왕수복이가 노래 부르는 기생으로 이름을 날리

는 줄은 아는지라 마음이 움직여,

"김 선생님, 노래를 배워보고 싶은데 어떨까요?"

조용히 물었다. 그의 미성에 취하다시피 한 서정은 즉석에서 자기 집으로 노래를 배우러 오라고 쾌히 승낙하였다. 비가 내리나, 몸이 불편하거나, 그는 아침에 눈만 뜨면 동대문 밖으로 나섰다.

'향화는 반드시 성공하리라.'

이것이 김서정의 단언이었다. 이리하여 그가 열여덟 살 되던 해 늦은 봄! 1933년 5월에 그는 가장 유리한 조건으로 시에론 레코드와 유행가 취입 전속계약을 체결하였다. 그는 일약 사교춤의 명파트너로, 유행가 명가수로 세상에 아름다운 자태를 드러내게 되었다.

경성 사교춤의 명수로 손꼽히는 백명곤, 이갑녕, 김인규, 이해선 등에게서 문금자와 아울러 경성 일류라는 찬사를 듣고 보니, 너나 할 것 없이 찾는 이 향화뿐이었다. 그 위에 금상첨화로 한참 피어나는 인기에다 제1회 취입 발매된 유행가 〈포구의 달빛〉이 날개가 돋쳐 팔리기 시작하니, 노래 잘하는 최향화, 춤 잘 추는 최향화, 인물 고운 최향화, 몸 곱게 갖는 최향화…, 마치 1933년의 경성 화류계는 그의 독점무대나 다름없는 모습이었다.

아리랑! 아리랑 아라리요, 아리랑 고개로 넘어간다.
포구의 달빛은 찾아드는데 우리 님 탄 배는 안 오네.

어느 악기점에서든지 밤마다 트느니 〈포구의 달빛〉이요, 어느 레코드 가게 유리창에든지 걸어놓는 것은 향화의 사진이었다. 신문도, 잡지도, 시에론 회사 선전부처럼 최향화밖에는 모른다는 듯이, 그의 선전뿐이었다. 아름다운 목소리, 아름다운 자태, 아름다운 몸맵시, 이 세 가지를 아울러 가진 그를 세상이 입을 모아 내세우기로만 하니, 그의 인기는 파죽의 형세로 뻗어나갔다.

향화를 만나보려면 3일 전에 미리 예약하지 않으면 요릿집에는 가도 만날 수 없다는 소문이 들리기 시작하였다. 어느 때인가 시에론 사원들의 놀이가 명월관 본점에서 있었다. 평양의 어느 저명한 특약점 주인이 경성에 온 김에 향화를 보고 가겠다고 태서관에 앉아 찾다 못하여, 하는 수 없이 명월관에 상의를 하여 30분을 빌려다 만나보았다는 이야기까지 남게 되었다.

이러는 동안에 일류의 수입을 얻게 되니, 우선 집을 관철동 새집으로 옮긴다, 어린 가슴에 그려오던 방 치장을 한다, 그의 자랑스러움은 옆에서 보는 사람들조차 신바람이 날 만하였다.

가슴에 피는 꽃 그 이름 알쏘냐.
이별에 부닥쳐서 형용도 암암 웃는 꽃 야위네.
시들어야 되면 눈물만 흐르고
나부껴 떨어지면 발밑에 채이네. 젊은 넋 섧다네.

그의 제2의 히트곡 〈가슴에 피는 꽃〉이 거리에 흘러나오자, 그의 인기는 절정에 달하였다. 회사로 날아드는 구애의 편지, 요릿집으로

4.11 최고의 인기를 누리다 19세에 요절한 조선권번 출신의 가수 최향화.

부르는 후원자들, 곡을 주마, 가사를 주마, 그를 싸고도는 문인, 음악가, 풍류랑, 청년학생, 실업가, 부호의 아들!

"어머니, 나는 요사이 공연히 무서운 생각이 다 들어요."

"왜 무섭단 말이냐. 네 소원대로 다 되는 판인데."

"보는 사람마다 듣기 좋은 소리만 해주니까, 어쩐지 너무 기뻐서 그런지 무서워져요."

세상일에 시달려보지 못한 열여덟 살의 처녀에게는 너무나 무시무시한 인기였을는지도 모른다.

"금자야, 우리는 스무 살이 넘기까지는 애인을 구하지 말자."

그는 제일 친근히 지내는 동무의 한 사람인 문금자와 한 이불 속에 누워 이 같은 소리를 했다.

"여부가 있나. 요사이 쫓아다니며 죽느니 사느니 하는 남자들에게 잘못 걸렸다가는 공연히 몸만 버리고 개망신한다."

"아이 무서워!"

향화는 몸서리까지 쳤다.

'그렇다. 사랑을 하려거든 서른 살이나 넘거든 세상과 사내를 볼 줄 알게 된 뒤에 견실히 구하자.'

춤을 추자고 쫓아다니는 모던 보이, 집을 사주마 하고 조르는 재산가! 그것이 결코 오늘의 향화가 구하는 사랑의 대상은 될 수 없었다. 자기가 웃음을 팔지 않는 기생 노릇을 하는 이상, 상대방도 좀 더 사내답고 신사다운 이라야 하겠다. 그러자면 밤마다 저녁마다 요릿집 기생으로 판을 막는 사람들은 멀리 떠나서 찾는 외에는 도리가 없다는 것이었다.

어느덧 1934년이 왔다. 회사의 신년 첫 취입을 하게 되었다. 노래 연습을 하기 시작하자, 그는 가벼운 감기가 들고 잔기침을 시작하였다. 오후가 되면 신열이 조금 있다고 걱정을 삼았다. 그러나 설마 그것이 폐병이라는 생각은 아무도 갖지 않았다.

그는 동경에 갔다 온 뒤 한 달이 다 못 가서 또 병석에 눕는 몸이 되었다. 열아홉 살의 봄이 그에게 얼마나 기쁘고 좋은지 아는 만큼, 어서어서 병이 낫고 싶어 조바심을 하였다. 그러나 날이 거듭할수록 그의 병세는 기울어지기 시작하여, 저녁마다 병석에 모여드는 문병객들이 낯을 펴지 못하게 하였다. 마침내 3월이 지나자 폐병이라는 선고를 받고 말았다. 폐병이라는 말을 듣고 향화는 며칠을 두고 울었다.

"어머니, 어떻게 살게 좀 해주서요. 열아홉에 죽어서는 억울치 않소?"

핼쑥한 얼굴에 힘없는 눈동자로 천정을 바라보며 혼자 중얼거린다. 야스이, 임명재, 심호섭의 세 박사가 돌아가며 그의 병석을 떠나지 않았으나 어찌하리오. 때는 벌써 기울고 말았다.

그래 이렇게 여러 박사가 드나들어도 나 하나를 못 살린담. 그는 정말 죽기가 원통하였다. 못 잊히는 게 너무 많았다. 봄이 오거든 옷은 어떻게 입고, 놀기는 어떻게 놀고, 가기는 어디를 가고, 유일한 벗인 문금자와 손을 꼽아 기다렸다. 이윽고 꽃은 피고, 날은 따듯해졌으나, 몸에 실린 병마가 가슴을 좀먹으니 문밖출입조차 뜻과 같지 못할 형편이다.

"이애, 이 꽃은 성북동 산정에서 꺾은 꽃이다."

동무가 갖다 주는 봄소식을 안고 그는 속절없이 울었다.

'이대로 죽으면 어떻게 하나?'

누가 죽기를 즐겨 하리오마는, 지금 최향화에게는 행운의 길이 눈앞에 끝없이 열렸거늘, 이 길을 버리고 뒷길로 돌아서다니 그 얼마나 애달프고 원통하였겠느냐. 그의 어여쁨, 그의 젊음, 그의 고운 목소리, 그의 아담한 성격, 그의 개결한 태도! 그를 알고 그와 만나본 사람은 '향화를 죽여서는 안된다'고 아우성치듯 한목소리를 냈다.

5월 어느 날 향화는 입원하고 있던 병원 문을 나서게 되었다. 병세가 점점 위독해져 병원에서도 더 이상 손을 쓸 수 없는 상황이었다. 야스이 박사는 입맛을 다시며 가족에게 말했다.

"때가 늦었소이다. 한쪽 폐는 여지없이 상했으니 시간 문제요. 숫제 데려다가 집에서 편안히 죽음을 맞도록 해주시오."

향화를 아는 젊은 의사들은 나직나직 수군거렸다.

"집까지 갈 동안이나 목숨을 보전하게 해야지."

이리하여 그의 백랍같이 흰 피부, 뼈에 붙은 살가죽을 뚫고 몇 대의 주사액이 들어갔다. 창 밖에서 울고 섰던 20여 명의 가족과 관계자들은 혹시나 병인이 눈치를 챌까봐 목소리도 내지 못하고 옷깃만 적시었다. 퇴원한다는 소리를 듣고 감았던 향화의 눈은 동그래졌다.

"왜, 죽겠다고 나가자는 거지."

이 한마디는 주변에 있던 사람들의 가슴을 사정없이 찔렀다.

"아니다. 그런 게 아니다. 집에 가서 고쳐도 좋다고 해서 나간단다."

엄마는 목메인 목소리로 가여운 딸을 달랬다. 그러나 그 말을 곧이듣기에는 사면에 비감한 공기가 너무 가득하였다.

"뭘, 죽으러 가는 게지."

남의 말 하듯 하며 향화는 또 눈을 감았다. 그는 퇴원하던 날 밤을 곱게 새고, 5월 9일 오전 8시 아침 햇빛에 밀려가듯이 눈을 감고 말았다. 스무 살이 넘거든 구하겠다는 애인도 이제는 영원히 구하지 못할 애인이 되고 말았다.

미아리 공동묘지에 말없이 누워 있는 젊은 향화의 가슴에는 오직 그의 출세작인 〈포구의 달빛〉이라는 레코드가 애인을 대신하여 안겨 있을 뿐이다. 일찍 왔다 너무나 일찍이 돌아간 가인佳人의 반생이여! 어찌 박명치 않았다 할쏘냐.

배꽃같이 핼쑥한 낮, 불타는 입술
물결치듯 급한 숨결 가슴에 울려
잠 못 자는 새벽마다 더듬어 찾는
베갯머리 말부엇이 눈물 고이었나

5월 11일에 장례를 마치고 뒤를 이어 13일에 수송동 각황사에서 성대한 추도회가 있었다.

청춘도 기쁨도 꿈결 같구나

가버린 사람 불러본들 답답만 하구나

노시든 자취여 사라져다오

불붙는 생각 참다못해 가슴만 타노니

1915년에 태어난 최향화는 부친의 사업 실패로 세 자매가 함께 기생이 되었다.
춤을 잘 추어 조선권번의 댄스 4인방으로 이름을 날렸으며, 1933년 시에론
레코드에서 〈포구의 달빛〉을 취입해 가수로 데뷔하였다. 히트곡 〈가슴에 피는 꽃〉
을 비롯하여 〈임 찾아 가는 길〉 〈대동강타령〉 등 그녀가 부른 10여 곡의 노래가
지금도 음반으로 남아 있다. 1934년 19살의 나이에 폐병으로 세상을 떠났다.
이 글 〈눈물 속에 진 꽃 최향화〉는 잡지 《삼천리》의 '미인박명애사' 시리즈 기사
가운데 하나다.

평양 애국열사릉에
묻힌 인기가수

왕수복

김여산

  삼월이라 초칠일, 평양성에는 아직 봄빛이 이르다. 그러나 얼었던 대동강물이 어느덧 풀리어 기름 같은 윤기 있는 푸른 물결이 부벽루 그림자를 안고 웃줄웃줄 춤을 추면서 연광정이며 대동문 아래로 시름없이 흘러내린다.

  서도西道의 봄은 이 대동강에 가장 먼저 찾아오는 듯, 이제 조금만 더 있으면 초록 빛깔에 젖은 수양버들이 삼단 같은 머리를 훨－훨－ 풀어 곱다랗게 물 위에 띄우고 봄바람에 가벼이 날릴 것이다. 그때가 되면 멀리 선교리 너머 보리밭 위로 종달새가 재잘거리겠고, 대동강 물가에는 물 찬 제비가 날 것이다.

  봄이다, 봄! 춘삼월이라 봄이다.

  나는 무엇인가 소리 높이 부르짖고 싶은 충동을 느끼었다. 몸에 날개가 돋쳐 마치 새 모양으로 푸른 하늘을 이리저리 날고 싶다.

  내 입술 사이로는 〈카추샤〉 노래의 고요히 흐르는 리듬에 맞춰 휘파람이 흘러나왔다. 그리고 두 다리는 볼레로의 멜로디에 맞춰

댄스라도 출 것같이 경쾌하였다.

　천릿길 꾀꼬리 소리 푸른 잎에 붉은 꽃 비치고
　강마을에도 산마을에도 주막 깃발이 펄럭이네
　남조 때 세운 사백 팔십이나 되는 절간
　숱한 누대들이 안개비에 젖어 있구나

　당나라 시인 두목지杜牧之의 정조를 이 고도 속에서 느끼면서 다다른 곳은 깨끗하게 솟은 일각대문 앞이라. 행화촌杏花村을 찾는 강남재사江南才士의 옛 기분인들 이에서 더 훈훈하고 멋지랴. 나는 솟을대문 앞에서 고개를 들어 문패를 쳐다보았다.

王壽福

　사기문패 위에 분명히 반초서로 흘려 쓴 아리따운 이름이 있지 않은가. 생각건대 내 발길은 처음에 평안백화점 앞을 지나 광명서관을 또 뒤로 두고 종로 큰거리를 도로 올라가 일신인쇄소 옆골목을 돌아, '깨닫지 못하는 사이에 그대 집에 이르렀네不覺到君家' 격으로, 어느 새 다다른 것이었다.

열두점에 기침하는 단잠에 든 수복

　때는 열두점. 서울이라면 남산 마루턱에서 점심 고동소리가 소리 크게 영각할 때다. 조심스럽게 문을 두드리니, 아마 어젯밤 어느 연회자리에 나가 밤늦도록 춤추고 권주가를 부르고 돌아오셨음인가. 아직 취침 중이라고 어멈이 나와 여쭈어라 한다.

그러나 나는 일부러 서울서 내려온 몸이 아닌가. 지금 본사에서 천하에 공모하는 인기가수 투표에서 왕수복 양은 놀랍게도 최고점의 득표를 얻어 지금 장안의 인기를 독점하여 있지 않는가. 젊은 청년이 모인 자리에 지금 인기가수 투표 이야기가 나지 않는 곳이 있던가. 둘이고 셋이고 시체 하이칼라 재사가 모인 자리에 왕수복의 이야기가 나지 않던 곳이 있던가. 레코드 회사에서는 이 때문에 왕수복이 부른 레코드 판이 날개가 돋쳐 팔려나간다고 하지 않는가. 그러한 인기의 여왕을 육칠백 리 되는 먼 서울에서 일부러 방문하려 나는 중대한 사명을 띠고 오지 않았는가. 잠이야 아무 때인들 못 자랴. 실상은 나도 어젯밤 세시에 서울 남대문에서 히카리(光) 급행을 타고 내려 온지라 한잠 못 자서 피곤하기 여간이 아니었으나, 왕수복 씨를 찾고자 여관에 들자마자 곧 이리로 온 걸음이 아닌가.

'왕수복 씨여, 잠을 조금 덜 자소. 이렇게 와서 성가시게 함도 인기세이거니 하고 참아주시구려.'

이렇게 혼자 중얼거릴 때에 양은 서울 삼천리사에서 왔다는 두 번째 전갈에 과연 단잠을 깨고 얼른 일어나, 병풍 뒤에 숨어 옷을 분주히 주워 입고 문을 열고 들어옵시사고 한다.

방안은 눈부시게 차렸다. 이집트 나일 강가에 유객선을 띄워놓고 사현금 타고 앉았던 클레오파트라의 침실같이 한쪽 벽을

4.12 왕수복은 삼천리사가 주최한
전조선 인기가수 투표에서 남녀 통틀어 1위를 차지하였다.

차지한 큰 거울이 있는데다가, 조그마한 거울이 네댓 개 있고, 방 한쪽으로 자개를 넣은 3층 화초장, 까맣게 윤이 흐르게 칠한 양복장, 그리고 좋은 산수화, 무어라 말할 수 없는 아름다운 향기….

소녀 시절엔 명륜학교로, 처녀 시절엔 기생학교로

나는 달큼한 술에 취한 듯 한참 어리둥절하다가 수만 명 독자가 나의 방문기를 기다리고 있으리란 생각에 정신을 내어, 이런 일에는 햇내기 아니란 듯 서슴지 않고 한마디 던졌다.

"어디서 나셨어요?"

"저는 평양이야요. 창전리(덩거당 식으로 탕덩리하고 평양 사투리 그대로 나온다) 장거리 가외다."

"그러면 나기를 평양, 자라기를 평양, 죽기를 평양! 아뿔싸, 벌써 돌아가서야 쓰겠어요? 어쨌든 대동강하고는 어릴 때부터 친하였구려. 그런데 지금 나이는?"

"(가벼이 웃으며) 1917년 4월 스무사흘 날 났답니다."

"그럼 열아홉이시구만. 인생 열아홉! 이건 너무 좋은 때구만요."

"그래도 남들이 보기에는 호화롭고 웃음 속에 사는 듯하지만, 저에게도 슬픔과 외로움과 탄식이 많이 있답니다. 저는 워낙 운명의 고아여요. 세 살 적에 아버지를 여의었어요. 그렇게 되니 우리 4남매는 어떻게 해요. 어머니 슬하에서 울기도 많이 하고, 아버지 그리운 생각도 많이 하면서 자라났답니다. 이럭저럭 학교라고 이곳 명륜보통학교에 들어섰지요. 그래서 산술도 배우고, 한문도 배우고, 여러 동무들과 먼 장래 이야기도 하고, 즐겁게 소녀 시절을 지냈었지요.

그러다가 내가 열 살 나던 해 보통학교 3학년에 올라가자, 우리 집안에 큰 문제가 생기었어요. 그것은 다른 것이 아니고, 저어! 에이 슬픈 이야기는 그만두지요."

"어서 말씀하서요. 누구나 초년고생 없는 이가 있을라구."

"그럴까요? 글쎄… 그래서 학교를 퇴학하였어요. 학비 때문에 마저 다닐 수 없으니깐요. 그때 학비도 염려 없이 있어서 학교를 순조롭게 마치었던들, 미국 공부하고 이화전문학교 여교수쯤 되고, 그리고 무슨 박사쯤 되었을는지 모르지요.

그러고 난 뒤는 어머님 말씀이 있어 기생학교라고 들어갔지요. 네, 물론 지금 있는 이곳 평양 기생학교지요. 성적은 좋았답니다. 열세 살 때에 우등으로 졸업했어요. 그런 뒤는 내친걸음에 기생이 되었지요."

"기생 되기 싫지 않았어요?"

"기생 된 데 동기가 있지요. 언니가 나보다 먼저 기생이 되어 있었답니다. 그래서 화려한 옷을 입고, 언니가 늘 웃으며 다니는 것이 한편 부럽기도 하였습니다. 그런 뒤 한 번은 평양성에서 명창대회가 열리었지요. 나는 출연하였다가 어쩐지 고대 속요는 싫어서 그제부터는 민요나 유행가를 배우고 싶어 그편으로 노력하였답니다. 유행가 연습을 자꾸 했지요, 남모르게.

레코드로 자신 있는 것은 〈고도의 정한〉

"그러고는?"

"그것이 재작년 5월이었지요. 서울 콜럼비아 회사에 입사하여 처음으로 다섯 장 열 면을 취입하였지요. 그 뒤 사정이 있어 다시 포리돌 회사와 계약을 맺고 거기 입사하였어요.

"포리돌에 가서는 몇 장이나 내셨어요?"

"글쎄요. 이럭저럭 서른 장이 넘을 걸요."

"다 좋았겠지만 그 중에도 가장 잘 되었다고 스스로 만족하는 것은?"

"〈고도의 정한〉이여요. 내 심정을 붓으로 그려놓은 듯 퍽이나 좋게 생각하는 노래지요."

"또?"

"그리고 〈청춘을 찾아〉.

"그런데 대체 하루하루를 어떻게 보내세요?"

"아침 열한시나 열두시면 꼭 일어나요. 늦잠꾸레기지만 오정을 지내본 적은 없답니다. 안심하세요. 그러군 피아노 연습을 좀 하고, 권번에 갈 준비를 하고, 청하는 손님을 따라 밤 열두시, 새로 한시까지 이곳저곳 요정에서 노동하지요."

"노동?"

"그럼요. 오락이 아니고 노동이지요."

장차 직업으로는 큰 악기점, 큰 서점

"밤에는 노래와 춤을 팔고, 낮에는 레코드에 취입을 하고, 그래서 한 달 수입이 얼마나 돼서요? 젊은 아가씨에게 나이와 수입을 묻는 것은 여간 실례가 아니겠지만, 여러 독자는 그런 것을 꼭 듣고 싶어해요."

"수입이야 대중없지요. 많을 때도 있고, 적을 때도 있지요. 나라에 다니는 관리나 은행, 회사에 다니는 샐러리맨이면 월급이 일정하겠지만, 저희들 수입은 뜬구름 같답니다. 많이 생기는 달은 칠팔백 원도 되고, 못 생기는 달이면 삼사백 원도 되구요."

"그 많은 돈 다 무얼 하세요. 한 달 생활비는 얼마나 들관데?"

"수입이 일정치 못하니 지출도 일정치 못하지만, 평균 잡으면 백 원쯤 될는지요."

"그래 얼마나 돈이 있으면 마음에 만족하겠어요?"

"(웃으며) 백만 원!"

"백만 원 가지고 무얼 하게요?"

"큰 악기점과 서점을 차리지요."

"어째서 거기에 그렇게 마음이 끌려요?"

"큰 악기점이니까 좋은 피아노를 칠 수 있겠고, 큰 서점이니까 좋은 책도 맘대로 볼 수 있고, 그것 안 좋아요?"

"그건 너무 큰 문제니까 뒤로 미루고, 대체 지금 제일 기쁜 때가 어떤 때여요?"

"어서 이 추하고 남의 노리개 같은 기생 직업을 떠나게 됐으면

4.13 동경으로 건너가 성악을 공부하고 소설가 이효석과 염문을 뿌린 왕수복.

기쁘겠어요. 자유롭게 좀 더 공부하여 좋은 노래를 불러드리고 싶어요. 그것이 저의 일생의 원이랍니다."

"노래 취입에도 불쾌한 때가 있어요?"

"있고말고요. 가령 취입한 소리판이 잘못되었다고 그것을 짓밟어 없애버리고 새로 소리판 넣을 때는 꼭 울고 싶어요. 슬퍼요."

연애해본 적은 없고 문사 부인을 동경

"자, 인제 연애하든 말씀이나 하시구려. 때는 봄, 몸은 청춘, 시절은 강남 제비 올 때⋯ 이러할 때 젊은 사람들의 화제는 음악이 아니면 춤, 춤이 아니면 연애 이야기가 구수하여 듣기 좋아요."

"구수? (웃으며) 구수하다면 어폐 있구만요. 연애는 생전에 한 일 없어요. 혹 한 번 만난 어른 가운데 다시 한 번 더 보았으면 하고 가볍게 그리워지는 분은 있지만, 어디 그 정도가 연애는 아니겠지요."

"그럼 마침 잘 되었소이다."

"무에가?"

"왕수복 씨에게 애인이 있었단 말이 퍼지면 천하의 호남자들이 얼마나 슬퍼하고 애타고 실망할까요."

"그건 또 왜요?"

"사내들 심리란 아무쪼록 처녀대로 아무쪼록 어느 놈팽이 붙지 않고 있었으면 해요. 제가 동경하는 여성에게는. 그는 그렇다

하고 장차 어떤 사내를 남편으로 골라잡겠어요. 어떤 직업, 어떤 성격 가진 이에게 일생을 맡기겠어요?"

"성격이나 직업만 보구야 어떻게 정하겠어요. 제 마음에 맞으면 그만이지요. 글쎄요. 말로는 차마 못해서 글로 통정하는 이도 좋고요, 월급쟁이도 좋고요. 둔중한 이보다 신경질한 분이 좋아요. 문사가 좋아요."

"그래서 이제 시집가서 남의 아내가 되어 가정 살림을 맡아 하게 되면, 얼마나 가지면 생활비가 될 것 같아요?"

"아무래도 이백 원 정도는 한 달 수입이 있어야 할 것 같아요. 이백 원이 많으면 백칠십팔 원 정도는 있어야 할 것 같아요."

"그러면 상대 남성의 나이는?"

"6, 7년 이상이 좋아요."

"아까 말에 시 쓰고 소설 쓰는 문사를 좋아하신다구요? 그런데 조선 형편에 어디 문사치고 이백 원이나 백칠십팔 원 생활비를 다달이 만들 사람이 몇이나 된다구요? 그런 분이 출현하기를 기다리자면 검은 머리 파뿌리 될 때까지 기다려야 할 터이니, 일이 되겠습니까?"

"문사 남편이 얻어진다면 백 원 정도로 참지요, 호호호."

"끝으로 한마디 더 묻겠어요. 언제쯤 생활혁명을 일으키겠어요. 눅거리 기생 살림을 발로 부수어버리고 예술가로 나서겠어요?"

"올 봄! 올 봄을 두고 보세요."

이렇게 이야기하고 왕수복 양은 다시 나를 위하여 피아노 한

곡조 타 준다. 그러고는 아름다운 목소리로 〈고도의 정한〉이란
레코드에 넣은 그 노래를 불러 준다.

둥-당-하는 묘한 음률이 담장 밖으로 흘러나가 봄바람을 타
고 고요히 평양 성중에 퍼진다.

1917년 평양에서 태어나 세 살 때 아버지를 여읜 왕수복은 어려운 집안 형편
때문에 보통학교 3학년을 다니다 기생학교에 들어갔다. 평양기생학교를 마치고
기생이 되었지만, 노래에 뛰어난 재능을 보여 1933년 콜럼비아 레코드에서
〈울지 말아요〉〈한탄〉을 취입하며 대중가요 가수가 되었다. 포리돌 레코드에서
발매한 〈고도의 정한〉으로 절정의 인기를 누렸으며, 1935년 《삼천리》에서
실시한 가수 인기투표에서 1위를 차지하였다. 1936년에는 일본에서 서양 음악을
공부해 메조소프라노 가수로 변신하였다. 소설가 이효석과의 불꽃 같은
사랑으로도 화제를 뿌렸는데, 둘의 사랑은 이효석의 소설 〈풀잎〉으로 남아 있다.
해방 후 북한에서 민요 가수로 활동하며 1959년 공훈배우가 되고, 86살을
일기로 세상을 떠난 다음에는 평양 애국열사릉에 묻혔다.
이 글의 원제목은 〈문사 부인을 꿈꾸는 왕수복〉이다. 같은 평양 기생 출신의
가수 선우일선 취재기사와 함께 《삼천리》 1935년 6월호 르포 '가희歌姬의
예술·연애생활'에 실려 있다.

평양기생학교 출신의
불멸의 인기가수

〈장한가〉 부르는
박행의 가인

신일선

〈아리랑〉 한 편으로 이 땅에 가장 아담하게 핀 한 떨기 꽃으로서 청춘남녀의 애모를 받아오던 그가 어찌하여 오늘은 기방에서 거문고 줄 고르며 〈장한가〉를 부르게 되었는고. 이 슬픈 비파 곡에 귀기울일지어다.

서울 청진동 골목을 이리저리 돌아 아담한 집 한 채를 찾으니, 문을 열고 나오는 이가 박행薄倖한 가인 신일선 바로 그이라.

그가 조선의 명배우로 일찍이 은막에 죄 없고 티끌 없는 아담한 자태를 비추어 장안 청춘남녀를 뇌쇄시키더니, 덧없는 봄바람에 나부끼는 한 떨기 꽃송이 모양으로 지금은 거리에 떨어져, 좁은 골목에서 호협한 장안 유랑객의 기색을 살피는 한갓 기방에 있다니, 진실로 세상이 무정하다 할는지. 재주 있는 선비면 반드시 뜻을 잃고, 얼굴 아름다운 가인이면 의례히 진흙에 파묻히는 오늘의 이 날을 원망하면 좋을는지.

이리하여 그 옛날 〈노들강변〉을 부르던 아름다운 목청으로 한

갓 긴 한숨 섞인 〈장한가〉를 부르고 있는 신일선. 마주앉아 보니 맵시 있게 입은 주항라 저고리에 꽃무늬 있는 옥색 치마 받쳐 입은 풍정이 옛 태 그대로이되, 속일 수 없는 것은 무정한 세월이라. 봄바람 가을달이 헛되이 이마에 주름살 더하여, 지금은 이팔청춘의 면목이 사라지고 점잖은 중년 부인의 풍모가 흐르고 있다. 몇 번 살림을 들어갔다 나오고, 몇 아이의 어머니 되었건만, 그래도 그토록 늙지 않았음은 그의 천질이 늙지 않게 생겼음인가. 세월이 이 가인을 차마 늙히고 싶어하지 않아서 그럼인가.

기방에 나온 동기

"어째서 이렇게 기생에까지 나오셨어요?"

"다 생활 때문이지요. 부모도 모시고 오빠도 있는 우리 집 살림이 날이 갈수록 기울어지니, 연약한 이 몸이라도 생활비 만들 길로 들어서야 하지 않겠습니까."

"그래 나와서는 생활 안정을 얻었어요?"

"이럭저럭 수백 원의 수입이 달마다 있게 되니, 부모님을 길거리에 방황하게는 안하여 드립니다. 그런데 정작 달마다 권번에서 계산하여 오는 돈은 몇 백 원이오 하고 액수가 크지만, 이 직업에 나서고 보니 제일 고통인 것이 옷에 돈이 많이 드는 것이에요. 가을, 봄, 철따라 맞게 옷을 해 입어야 함은 물론, 요즘은 손님들이 스타일을 보고 평도 자꾸 하시니까, 서울 장안에 새로 유행한다는

4.14 안종화 감독이 연출한 영화 〈청춘의 십자로〉 속의 신일선.

화려한 옷감은 대개 몸에 걸쳐 보아야 하게 되었어요. 동무들이 다 상해나 동경 식으로 최신식 옷차림을 차리는 터에, 나만 옛 모습을 차리면 손님이 돌아다나 보리까. 그러니 유명한 무희 조셉 베간도 프랑스의 천만장자인 향수 왕을 업었으니, 그 화려한 옷이 뇌쇄시켰음이 아닐는지요.”

“의복뿐 아니라 화장에도 상당히 돈이 들 걸요?”

“동무들이 모두 향수도, 비누도, 대개 비싼 프랑스 코티를 씁니다 그려. 그러나 향내를 위해서라도 나도 역시 코티를 쓰게 되어요. 의복과 화장에 전 수입의 반 이상은 들어요.”

“미용원에도 매일 가야 할 걸요?”

“매일은 몰라도 한 주일에 몇 번은 가요.”

“예전날 영화배우로서 화장 같은 몸차림하는 기술에는 많이 익숙할 터인데, 그래도 역시 미장원 가서 파마로 꾸며야 하나요?”

“영화야 화장과는 다르니까요. 영화는 카메라에 잘 드러나기만 하면 되는 것이잖아요. 제 얼굴에 분 바르고 연지 찍어 천연스러운 살결을 내기에는 역시 그 재주만 가져서는 잘 안돼요.”

얼마나 슬픈가, 옛날 호접의 가슴 속은

“사람이 살아가는데 기쁜 일 여섯 가지, 슬픈 일 네 가지면 행복한 사람일 것이요, 그 반대면 불행한 사람이지요. 또 한평생 육십 년을 살아가는데 제 마음에 맞는 좋은 세월을 십 년만 가지면 행운아요, 그렇지 못하면 불행한 사람의 부류에 든다는데. 지나간 세월 속에 신일선 시대라 할 그런 좋은 세월이 여러 해 있었지요? 그때 일을 어떻게 생각해요?"

"지금에 비하면 내가 여배우로 은막에 나타나 노래도 부르고, 연극도 하던 그 시절이 얼마나 행복하였는가 하고 늘 추억한답니다."

"지금에 비하여 행복했다고 생각합니까?"

"물론이지요. 주제넘다 할지 모르지만, 그때는 그래도 예술가 속에 한 몫 끼었다는 자부를 가졌어요. 그러나 지금에야."

"양창곡과 풍류를 함께 나누던 탁문군*이라거나 개성의 황진이, 평양의 계월향, 진주의 논개, 그 모든 여성들도 비록 몸은 기방에 두었다 할 것이로되, 시문서화로 후세에 그 이름을 날리고 있지 않아요?"

"그는 전설이지요."

"전설?"

"지금에야 기생이란 한 직업인데, 그런 운치와 풍류를 가져 달라는 것이 무리지요. 화폐 위에선 상품으로밖에 이 사회에서는 더 인정하여 주나요?"

듣고 보니 그럴 듯하다. 에누리 없는 정말 같다.

"그러니까 일선 씨는 기왕 나선 바에 돈이나 끌어들이자는 주

---

* 양창곡은 중국 고대소설 〈옥루몽〉에 나오는 주인공. 전한시대의 재색을 겸비했던 예인 탁문군과 서로 사랑하며 풍류를 나눈 사람은 사마상여였다.

의구려?"

"아니요. 다른 희망이 있어요."

"희망?"

"두 가지가."

은막에 다시 나서고자, 좋은 가정에 시집가고자

나는 방안에 흐르는 분내의 훈훈한 내음에 잘못하면 취하려 함을 겨우 막으면서, 그의 두 가지 희망을 듣기로 하였다.

"첫째는?"

"다시 여배우가 되려고."

"영화?"

"그것도."

"연극?"

"둘 다."

"음악까지 말하자면 여류 음악가로까지?"

"목청이 왕수복, 선우일선이같이 곱지 못해서 음악에는 야심이 없지만."

"어느 해 여름이든가요. 일선 씨가 〈아리랑〉에 나와서 장안의 인기를 혼자 끌고 있던 순진하던 옛 처녀시대, 아니 그렇게 표현하기보다도 티끌 하나 묻지 않은 여학생 같은 그 시대에, 경운동 천도교 대강당에서 수천 명 군중 앞에서 독창을 한 일이 있지 않

밤 깊어 우는 〈장한가〉

277

아요. 그때 나도 들었는데, 음악도 80점은 됩디다. 그 뒤 시집가고 아이 낳고 하였으니, 그 목청이 그냥 남아 있으리라고는 보장할 수 없지만."

"그때는 옛날이지요. 요새 레코드 회사의 청으로 몇 장 넣어보았는데, 나는 아마 음악에 천재가 없나 봐요."

"그러니까 다시 영화계로 나오고 싶어요?"

"기회만 있다면, 다시 그 길로 들어서고 싶어요."

"기생은 그만두고?"

"기생은 기생대로 하면서도 할 수 있잖아요. 시간만 만들어서요."

"기생에 그렇게 애착이 붙어요?"

"애착은 없지만, 영화배우로 지내면 어디 생활 안정을 얻을 수 있어야지요. 그러니 생활비는 이렇게 하여 얻고, 영화 방면에서는 보수 같은 것을 바라지 않고, 그저 예술적 양심적으로 나오고 싶어요."

갸륵한 생각이 난다. 이 여성은 지금도 순진무구한 깨끗한 성정이 가슴 속에 그냥 남아 있는 듯하다. 나는 다시 담배 한 대를 피워 물고, 나머지 또 한 가지 희망을 물어보았다.

"그는 아직 말하지 않겠어요."

"무엇인데?"

"개인 사생활에 대한 것이에요."

"그러니 무엇인데?"

"웃지 마세요, 가정부인."

4.15 나운규 감독의 영화 〈아리랑〉 촬영 소식을 전한 《동아일보》.
오른쪽이 신일선, 왼쪽은 나운규.

"앗, 시집?"

"예스."

"또?"

"한 번만 더. 이번에는 아주 행복한 결혼으로요."

"과거의 결혼은?"

"두 번 다 실패였어요."

"남편의 애정은 없어졌다 할지라도, 자식에 대한 애착은 청산할 수 없지 않아요?"

여기 이르러 가냘픈 한숨을 가늘게 쉬더니,

"아이가 보고 싶어요."

"모성애에 우는 때가?"

"가끔."

"괴로워요?"

"안타깝고, 괴롭고."

"남의 아내가 되자면 기생은 그만 둬야지요."

"물론, 그 각오도."

그러고는 백설 같은 이로 입술을 약간 문다.

"그래 발견했어요?"

"무엇을?"

"결혼 후보자를?"

"호호호, 아직."

장안 안 재자여, 안심하라. 이 박행의 가인은 아직 애인을 결정하지 못했다고 한다.

행복의 문은 어디?

나는 화제를 돌려,

"옛날의 여학교 시대와 같이 지금도 독서를 많이 해요?"

"별로 못해요. 밤늦게까지 요리점에 갔다가 돌아와서 자연히 아침에 늦게 일어나게 되고. 그러고는 또 저녁의 놀음놀이 받기 위해서 화장에 시간 보내고. 그래서 자연히 독서라고는 못해요. 그저 읽기 쉬운 신문, 잡지나 보지요."

"영화는?"

"좋아해요. 될 수 있는 대로, 서양의 좋은 것이 왔다는 소문 들으면 가보려 힘써요."

"연극도?"

"네."

"그런데 전체로 보아 일선 씨는 지금이 행복한 시대인가요?"

"불행에 또 불행한 시대라 할 걸요."

"그러면 행복의 문은 벌써 지나왔어요? 아직 도달하지 못했어요?"

"그 옛날 행복했던 시절이 있었지요. 제가 스크린에 나타나면 보잘것없는 재주지만, 칭찬해주시는 사회 인사가 계셨고. 제가 스테이지에 나와서 들을 것 없는 노래를 부르면 잘한다고 박수쳐

주시는 여러분이 계셨으니까. 겨우 여학교 나와서 크게 배운 바 없는 저로서는 그 시절이 행복했고말고요. 그러나 인생에 행복의 문이 단 하나만 있다고 생각하지 않아요. 둘도 셋도, 그러기에 앞으로 저도 또다시 한 번 행복의 문을 웃음으로 지나는 날이 있을 줄 알고 기다려요."

"좋은 철학이군요. 아무쪼록 낙심하지 말고 다시 한 번 옛날의 신일선이 되어, 이 땅 아름다운 예술의 꽃이 되어주세요."

"감사합니다. 잘 지도해주세요."

오랜 시간을 이야기하고 일각대문으로 나서니, 북청 물장사가 늦은 아침 수통 물을 지고 삐걱삐걱 소리치며 지나간다.

1911년 서울에서 태어난 신일선은 12세의 어린 나이에 조선예술가극단에 입단해 배우가 되었다. 나운규 감독이 연출한 〈아리랑〉에 출연하며 스타덤에 올랐으며, 연이어 이경손 감독의 〈봉황의 면류관〉, 나운규 감독의 〈금붕어〉, 심훈 감독의 〈먼동이 틀 때〉 등에 출연하며 최고의 인기를 누렸다. 하지만 1927년 뜬금없는 결혼으로 영화계를 떠난 다음 불행한 결혼 생활과 영화계 컴백을 두세 차례 반복하였다. 한때 포리돌 레코드에서 음반을 취입하기도 했지만, 생활고를 이기지 못해 기생이 되고 말았다. 오랜 은둔 생활 끝에 1990년 세상을 떠났다.

자료 출전

기생 생활의 이면 |《장한》 1927. 1, 1927. 2

기생의 인생관 |《비판》 1931. 5

예기의 입장과 자각 |《장한》 1927. 2

문학 기생의 고백 |《삼천리》 1934.5

덕왕의 인상 |《삼천리》 1939.6

신생활 경영에 대한 우리의 자각과 결심 |《장한》 1927. 2

화류계에 다니는 모든 남성에게 원함 |《장한》 1927. 2

기생 생활도 신성하다면 신성합니다 |《시사평론》 1923.3

기생도 노동자다 |《장한》 1927. 2

여성운동의 수장이 되어 |《삼천리》 1937.1

지금부터 다시 살자 |《장한》 1927. 1

파란중첩한 나의 전반생 |《장한》 1927. 1

기생, 모두가 동정뿐 |《신여성》 1925.4

눈물겨운 나의 애화 |《장한》 1927. 1

한 늙은 기생의 자백 |《매일신보》 1914. 7. 29

울음이라도 맘껏 울어보자 |《장한》 1927. 1

사랑하는 동무여 |《장한》 1927. 1

초로 같은 인생 |《장한》 1927. 1

기생과 희생 |《장한》 1927. 1

기생으로 본 10년 조선 |《별건곤》 1930.1

내가 만일 손님이라면 차별 없이 하겠다 |《장한》 1927. 1

기생들이 꿈꾸는 따뜻한 가정 생활 |《매일신보》 1925.12.6

가신 님에게 |《장한》 1927. 2

기생 산월이 |《별건곤》 1930.1

시드는 꽃 |《동광》 1931.11

우리의 참사랑 |《호남평론》 1935.4

최초의 단발랑: 강향란 |《동아일보》 1922.6.22, 6.24, 1923.4.18, 12.19,

1925.9.3, 1926.10.8

독립운동가 되어 국경을 넘다: 현계옥 |《동아일보》 1925.11.1, 11.3~11.7

돈보다 사랑, 목숨보다 사랑: 강명화 |《삼천리》 1935.8

박열 열사의 재판정에 서다: 이소홍 |《동아일보》 1924.7.16~7.17

사랑에 죽을까, 효에 살까: 채금홍 |《매일신보》 1924.2.2~2.6

상해로 달아난 천하일색 명기: 장연홍 |《별건곤》 1933.9

눈물 속에 진 꽃: 최향화 |《삼천리》 1935.2

평양 애국열사릉에 묻힌 인기가수: 왕수복 |《삼천리》 1935.6

〈장한가〉 부르는 박행의 가인: 신일선 |《삼천리》 1937.5

사진 및 그림 출전

19p   ⓒ石井柏亭. 마쓰모토 시립미술관 소장

23p   ⓒRen Bonian

34p   ⓒJoseph de La Nézière. l'Extrême Orient en Image(1903)

40p   ⓒ김홍도. 국립중앙박물관 소장

49p   Cornell University Library @ Flickr Commons

75p   《조선미인보감》(1918)

103p   《장한》, 1927.1: 1927.2

142p   ⓒ신윤복. 간송미술관 소장. 한국데이터진흥원 제공

143p   《동아일보》 1924.12.22

147p   《기성기생명감》(1938)

164p   《매일신보》 1914.1.29

165p   《매일신보》 1920.11.11

186p   《동아일보》 1926.10.8

190p   《신여성》 1933.9

198p   《매일신보》 1918.3.5

214p   《강명화의 죽엄》(1972, 향민사)

274p   〈청춘의 십자로〉(1934)

279p   《동아일보》 1926.9.19